KB176624

내 인생의   ○
거품을 위하여

내 인생의   ○
거품을 위하여

이승예

행복우물

○ 목차

2장. 내 인생의 거품을 위하여

3장. 자유를 자유하라

4장. 세 번의 비쥬, 두 번의 포옹

첫 비행, 새로운 시작

공항에 발을 딛자 흥분할 겨를도 없이 날카로운 한기가 코끝을 쨍하고 내리쳤다. 7월의 추위는 예상보다 가혹했다. 아직은 캄캄한 밤. 새벽 5시의 스키폴 공항은 스산하기 짝이 없다. 입국 절차를 밟았다. 승무원에게는 별다른 절차를 요구하지 않는다. 보안 검색대도 거치지 않고 여권 확인받자 수속 끝. 곧장 공항 터미널 앞 계류장으로 나가 대기하고 있던 버스에 올라탄다. 어둠 속에 보이는 차창 밖 풍경은 도시가 뿜어내는 빛들로 아름다웠다. 그렇게 암스테르담에 첫걸음을 내디뎠다.

첫 비행. 당황스러운 시간들이었다. 카펫에 걸려 넘어져 승객들에게 웃음거리가 되고 백발의 노신사의 바지에 커피를 쏟았다. 함께 손발을 맞춰야 했던 선배 더치 크루에게는 오히려 방해만 된 것 같았던, 실수의 연발이었다.

11시간의 긴 비행을 마치고 기내 밖으로 나와 선배 크루의 뒤를 힘없이 따라가고 있는데 조금 전 바지에 커피 세례를 받았던 노신사가 공항 이동 통로 끝에 서있었다. 순간 나는 그를 못 본체하려고 했다. 그러자 "귀여운 승무원 아가씨!"라며 그가 나를 불러 세웠다. 그리고 나서는 가까이 다가오셔서 부드러운 목소리로 "아가씨, 당신이 가는 길에 별이 가득 깔려있어요."하며 웃으셨다. 그의 바지는 여전히 커피 자국으로 얼룩져 있었는데 말이다. 허둥댔던 일들이 따뜻한 기억으로 바뀌는 순간이었다.

KLM 승무원으로 한 달에 세 번, 한 번 올 때마다 2박 3일을 암스테르담에 머문다. 피곤한 몸을 이끌고 호텔 방으로 들어오면 그야말로 흰 침대 커버가 천국처럼 느껴진다. 처음에는 호텔 방에서 꼼짝 않고 잠만 잤다. 관광이나 쇼핑마저 힘들고 귀찮게 느껴졌다. 나름대로의 건강 관리라고 생각하면서. 그러다 문득 '2박 3일의 휴가'를 어떻게 보낼지를 생각했다.

잠을 줄여가면서 걷기 시작했다. 암스테르담에서 나는 이방인이자 산책자였다. 나의 걷기는 시간이 지남에 따라 숙소로부터 점점 더 멀어져 갔다. 이 도시는 '호기심 천국'이었다. 운하와 도로와 건물, 그리고 사람이 낯설었지만 금세 낯익어 갔다. 가끔은 암스테르담의 담을 뛰어넘었다. 그곳에서도 걷고 또 걸었다. 풍차와 튤립, 숲과 자연이 나를 반겼다. 육지와 바다와 하늘은 어디에도 있다. 다만, 그것들에 어떤 색깔을 입히느냐는 전적으로 사람에게 달려 있다. 네덜란드인들은 그것들에 예쁜 색동저고리를 입힌 것 같다.

누군가 "암스테르담에 볼 게 있나?"라고 물을 땐, 바보 같은 답을 할 수밖에 없었다. "글쎄, 나도 잘 모르겠는데……" 하지만 그 무지함이 용기를 주었다. 잘 모르기에 더 신비로웠다. 지난 2년간 네덜란드를 겪으며 느꼈던 나의 순수한 감정과 진실함을 담아내려고 했다.

삶을 사랑하고 누리기를 원하는

모든 이들에게 이 책을 바친다.

2021년 1월

이승예

목적지는 바로

당신입니다

1장.

작은것이

아름다워

아름다움이란 가까이 가면 사라지는

아를의 밤

더 호에 벨루에De Hoge Veluwe 국립공원 입구에는 하얀 자전거들이 줄지어 서있다. 자전거 한 대를 꺼내 올라타보니 발이 땅에 닿지 않았다. 자전거 안장을 최대로 내려도 마찬가지였다. 고르고 골라 겨우 마음에 드는 자전거를 끌고 도로로 나섰다. 이 생소한 네덜란드식 자전거는 신경을 예민하게 만들었다. 손잡이에 브레이크가 없고, 페달을 뒤로 회전해야 멈출 수 있었기 때문이다. 우리는 투덜거리면서 공원을 지나 평원으로 달렸다. 공원의 나뭇잎들을 지나자 모래와 관목, 누런 풀들이 지평선까지 펼쳐진다. 우리를 방해하는 것은 아무것도 없다. 자동차를 걱정할 일도, 넘어지더라도 푹신한 풀밭이라 다칠 염려도 없다. 예민해졌던 마음은 이제 바람에 실려 날아갔다. 달리고 싶은 마음을 바퀴에 싣고 페달을 밟았다. 30분 정도 달렸을까. 평원이 끝나고 숲길이 나타났다.

현대식 건축물이 나타나자 사람들이 보인다. 반 고흐의 작품을 만날 수 있는, 크뢸러 뮐러Krüler-Müller 미술관이었다. 미술관은 단층이라 다소 낮은 느낌이었다. 입구는 통유리로 되어 있어 자연과 경계가 없어 보였다. 온실 같은 느낌에 안으로 들어서자 건너편의 숲이 그대로 펼쳐진다. 투명한 유리로 되어 있는 벽면, 내부에 있어도 여전히 숲에 있는 것 같았다.

고흐의 〈밤의 카페테라스Cafe Terrace at Night〉와 마주치자 아를Arles의 밤은 낮과 구분할 수 없을 정도로 다채로운 빛의 향연이 펼쳐진다. 광장 바닥을 장식하고 있는 포석은 보랏빛을 띠고, 하늘은 푸른빛으로 변하는 것이었다. 카페, 사람 그리고 별, 그림 속 테라스에 앉아본다. 노란 불빛은 이방인들을 따뜻하게 맞아준다. 그들도 안식을 취하며 저마다 서로의 가슴속에 담긴 이야기를 풀어내겠지. 카페는 아직도 그림과 같아 먼 과거의 별빛을 머금고 있다.

미술관 밖 야외 카페 테이블에 앉았다. 카페를 감싸고 있는 하얀 천막 사이로 잔디정원에 햇살이 스며든다. 우리는 때로는 떠들고, 때로는 침묵했다.

쏟아지는 가을 햇살에 자전거 페달을 밟았다. 바람소리를 제대로 들어 본 것은 그때가 처음이었다. 뒤를 돌아보니 미술관이 멀어지고 있었다. 갑자기 펼쳐지는 지평선에 놀라 멈춰 섰다. 햇빛이 쏟아지고 바람 소리도 들리지 않았다. 아무도 없는 곳, 광활한 자연만이 숨 쉬는 그곳에 덩그러니 혼자 남겨졌다. 끝이 안 보이는 초원, 울창한 숲, 수평선까지 펼쳐진 들판. 나는 다시 고흐의 그림 속에 앉아 먼 하늘을 바라보았다.

파란 하늘이 어둡게 변해갔다.
〈밤의 카페테라스〉의 짙푸른 색으로.

밤은 낮과 구분할 수 없을 정도로

다채로운 빛의 향연이 펼쳐진다

바람

네덜란드의 바람은 상상초월이다. 머리를 망가트리고 눈을 뜨지 못하게 한다. 어떨 땐 한 발자국 내딛는 것도 힘들 때가 있다. 하지만 왠지 나만의 쾌감이 있다. 우리나라에서는 좀처럼 맛볼 수 없는 이 인정사정없이 몰아치는 세찬 바람에 온몸의 세포가 터질 것 같다. 나는 이 색다른 몸의 반응을 즐기고 있었다. 바람이 아무리 불어도 길을 나서는 나를 동료들은 잘 이해하지 못했다.

한 번은 동료들과 걸어서 10여 분 거리에 있는 마트에 장을 보러 갔다. 돌아오는 길에 바람이 심하게 불었다. 택시를 타자는 동료들 말에 나는 단호히 손을 저었다. 짐이 무거운 것도 아니고 우리가 함께라면 이 바람을 헤치고 나아갈 수 있다고. 그러나 나의 주장은 가볍게 무시되었다. 어쩔 수 없이 다 같이 택시를 타고 허무하게 호텔로 돌아왔다.

내 방으로 들어왔지만, 나는 뭔가 일을 마치지 못한 느낌이었다. 찜찜했다. 창밖은 여전히 바람의 소용돌이 속에 있었다. 창틀이 흔들리고 바람은 하이톤의 휘파람 소리를 내고 있었다. 나는 왜 이토록 바람을 좋아할까? 그것도 저토록 거센 바람을 말이다. 생각의 망막 위에 무언가가 떠올랐다.

엉뚱하게도 그것은 뮬란이었다. 바람과 뮬란이라니…… 나는 뮬란이 되어 사랑하는 애마 칸을 타고 바람을 거스르며 눈 덮인 설원을 달리고 있었다. 뮬란이 된 나는 바람을 올려 보내는 저 설원 너머의 미지의 세계를 꿈꾸고 있었다. 내게는 노매드의 DNA가 있는 걸까? 화초같이 예쁜 나의 동료들이 이런 나를 어찌 알아줄 수 있을까.

잔소리

나는 결혼도 안 했는데 시어머니가 있다. 심지어 세 명. 하나는 네덜란드 승무원 아줌마들이다. 보통 나이가 50-60대되는 그녀들은 영어로 잔소리를 한다. '리커 카트에 담았니?', '화장실 체크했어?' 외국인이 영어로 하는 잔소리지만 잔소리는 언제나 귀찮고 듣기 거북하다.

다른 한 명은 편집장님이다. 어느 날은 미팅 때 '잔소리를 하도 많이 해서 입이 아프다'고 하시는데 그것마저 내겐 잔소리로 들린다. 마지막으로 남자친구. 언젠가 이별을 겪은 친구를 위로해 주려고 만났다. 그런데 눈치 없이 자꾸 전화를 해대는 남자친구. 내 앞에서 어색하게 웃고 있는 친구에게 나도 모르게 남자친구 흉을 보기 시작했다. "어떨 땐 자기가 어른인 척 어찌나 잔소리를 하는지 '집에 일찍 들어가라', '화장을 연하게 해라'등등 너무 귀찮다"라고 말하고 있는데, 가만히 듣고 있던 친구의 표정이 시무룩해져 있었다.

분위기를 바꾸려는 의도와는 달리 친구의 심기를 잘못 건드린 것 같아 당황한 나는 말을 중단했고 우리 사이엔 무거운 침묵이 흘렀다.

그러나 이 침묵은 나의 참을성 없음으로 인해 깨어지고 말았다. "너 언제까지 그런 우울한 표정 하고 있을래? 혼자 슬퍼하면서 세월을 허비하는 게 아깝지 않니? 그놈 잊어버려. 너 헤어지길 잘 했어. 그놈이랑 더 오래 만났다면 더 힘들었을 거야. 난 너한테 박수 쳐주고 싶어. 힘내! 진짜 멋진 사람이 너를 기다리고 있어."

나는 심기 불편한 친구에게 위로는커녕 마음만 더 심란하게 하는 잔소리를 퍼붓고 있었다. 잔소리도 아무나 하는 건 아닌 듯싶다.

냄새

세상의 모든 것에는 냄새가 깃들어있다.

길을 가다 한때 자주 듣던 노래를 듣게 되는 것보다, 어떤 의외의 광경을 목격하는 것보다, 어떤 냄새는 기억의 강도가 훨씬 더 강렬하다. 그 냄새라는 게 얼마나 치명적인지 맡지 않아도 그리울 때가 있고 우연히 맡기라도 하면 그때 그 감정을 하염없이 불러일으킨다.

냄새에 의해 의도치 않게 과거의 기억이 회상되는 현상을 프루스트 현상Proust phenomenon이라고 한다. 프랑스 작가 마르셀 프루스트Marcel Proust의 소설 〈잃어버린 시간을 찾아서〉의 한 장면에서 주인공이 라임 꽃 차에 적신 마들렌 한 조각을 베어 무는 순간, 그 맛과 향기를 통해 갑자기 어린 시절의 기억이 돌아왔다. 어린 시절을 보낸 콩브레 마을, 일요일 아침마다 레오니 이모가 챙겨주던 마들렌과 꽃잎 차. 마들렌은 어디서나 볼 수 있는 흔한 과자일 뿐이다. 하지만 직접 맛보기 전까지는, 그 향기를 느끼기 전까지는, 카페 쇼윈도에 진열된 마들렌을 보는 것만으로는 이렇게 생생한 기억을 불러올 수 없다. 차에 적신 마들렌의 향기가 감정과 향수를 자극한 것이다.

초등학교 5학년 때 파리 샤를 드 골 공항에 처음 도착했을 때 나의 작은 코를 자극했던 그 기막힌 빵 냄새의 추억은 지금도 선명하다. 그 고소한 냄새는 어린 마음에 '여기는 우리나라에서 아주 멀지만 살기 좋은 나라'일 것이라는 생각을 심어주었다. 지금도 길을 가다가 우연히 고소한 빵 냄새와 마주치기라도 하면 파리 샤를 드 골 공항에서 냄새에 취했던 어린 나를 떠올린다. 어디 그뿐이겠는가. 이 세상에 단 하나뿐일 것 같은 그 사람의 냄새, 엄마가 끓여주던 김치찌개 냄새……

암스테르담에도 냄새가 있다. 암스테르담 공기 속에 묻어 있는 독특한 냄새가 이곳이 암스테르담이란 사실을 깨닫게 해준다. 알싸하면서도 시큼한 냄새. 다른 곳 어디에서도 맡을 수 없지만 가끔 후각의 뛰어난 감각으로 그 냄새를 소환이라도 한다면 나는 그 어디에서도 암스테르담으로 달려갈 수 있다. 그 냄새의 정체는 바로 마리화나.

내가 좋아하는 중앙역에서 나오면 광장 여기저기에 국적불명의 사람들이 무리지어 있다. 그리고 이어지는 길고 좁은 집들이 쭉 나열

된 길 사이로 마리화나의 연기가 훅 나타났다 사라지곤 한다. 그 자리엔 묵은 마리화나 냄새 위에 갓 태어난 마리화나 냄새가 진하게 얹히고. 나의 뇌를 때리고 심장을 찌릿하게 하는 이 냄새. 나는 또 이 도시에 대한 호기심 가득 찬 눈빛으로 발걸음을 재촉한다.

빈병팔이

내가 암스테르담에서 신줏단지마냥 모시는 것이 있다. 주기적으로 투숙하는 승무원들을 위해 호텔은 개인 락커를 제공해 주는데 동료들은 락커에 암스테르담에서 사용할 샴푸, 크림, 가방, 신발 등을 보관해둔다. 반면, 나는 매번 이들 생필품을 캐리어에 싣고 다니는 번거로움을 감수해야 한다. 왜냐하면 내 락커에는 점령군들이 있기 때문이다. 파란색 1.5L의 빈 페트병들이 그들이다.

나의 소중한 임무는 페트병 10개를 모아 가까운 마트 기계에서 빈병팔이를 하는 것이다. 기계 구멍에 병을 눕혀 넣으면 자동으로 빨려 들어가는데 찌그러진 병은 인식을 않고 다시 뱉어낸다. 개당 25센트. 10개면 2.5유로. 기계에서 프린트되어 나온 영수증은 현금처럼 쓸 수 있다.

2.5유로로 내가 좋아하는 시리얼 요거트를 사 먹는다. 호텔방에서 먹는 요거트. 한 입 떠먹는 순간, 시리얼의 고소함과 딸기의 달짝지근한 향, 그리고 설탕 없는 깨끗한 맛이 입안을 개운하게 한다. 2.5유로의 행복? 내 락커를 페트병에 내줄 만하지 않은가.

어느 날 암스테르담에 살고 있는 친구와 만나서 식사를 했다. 친구는 요즘 암스테르담에서 유행하고 있는 플라스틱 병 낚시에 대해서 얘기를 해줬다. 암스테르담 운하에서는 낚싯배를 타고 뜰채로 물고기가 아닌 운하에 버려진 플라스틱 병 쓰레기를 낚는다는 것이다. "좋은 취지의 일이니 자원봉사하는 것이겠지."라고 했더니, 웬걸? 이 낚싯배에 오르려면 25유로를 내야 한다는 것이다. 나는 언뜻 이해할 수 없어, "돈을 받는 게 아니고? 25유로의 거금을 내면서까지 왜?"라고 물었다.

친구의 말을 요약하면, 2015년부터 시작해 지금까지 이 배를 탄 관광객만 1만여 명. 이들이 낚아 올린 플라스틱 병만 10만여 개라고 한다. 이 플라스틱 낚시 투어 상품은 플라스틱 웨일Plastic Whale이라는 사회적 기업이 운영하는데 더 이상 건질게 없어져서 사업이 망하는 게 그들의 목표라고 한다. 내가 누리는 2.5유로의 행복, 저들이 누리는 25유로의 행복. 아무래도 이들 행복의 크기는 돈의 크기만큼이나 차이가 날 것 같다.

작은 것이 아름다워

주위를 둘러보았다. 이런 느낌은 처음이었다. 처음에는 이게 뭔가 싶었다. 지면 위에 야트막하게 깔려있는 장난감 같은 건물 등 구조물들이 끝없이 펼쳐져 있다. 실내 박물관에 설치되어 있는 것이 아니다. 노천이다. 식물들은 야외에서 작게 다듬어져서 자라고 있었다. 진짜 새와 물고기들도 모형의 일부인 양 살아가고 있다. 사람들은 내 엄지손가락도 안 되는 작은 크기였고 건물들은 대개 내 무릎 정도의 높이다. 그야말로 나는 걸리버와 같은 거인이 되어 소인국에 다다른 것이다.

네덜란드 전국에 산재해 있는 관광명소를 1/25 크기로 축소해 만든 모형 마을, 마두로담Madurodam이다. 여행을 위해서는 많은 노력과 시간 그리고 비용을 투입해야 하지만 이곳에서는 별 노력 없이도 네덜란드 전체를 구석구석 탐방할 수 있다.

국립 미술관 앞에 무릎을 꿇고 앉았다. 백 번도 넘게 오갔지만 이렇게 자세히 보기는 처음이다. 실물은 어마어마하게 컸어도, 대충 건물 앞면만 생각나는데, 이 축약된 모형물을 보면서 '건물 전체가 이렇게 생겼던가?'하며 마치 새로운 것을 발견한 것인 양 신기해했다. 겉에 새겨진 조각들, 창문 하나하나까지도 실물과 똑같다. 그 정교함에 입이 다물어지지 않았다. 그 곁에 있는 담 광장도, 비엔코르프 백화점도, 성 카트리나 교회도, 작은 모습으로 그 화려함을 뽐내고 있다.

조금 더 떨어진 공간에는 내 키 높이의 풍차가 서있다. 입 바람으로 훅 불어보니 간단하게 풍차가 돌아간다. 잔세스칸스에서 풍차를 처음 보았을 때 그 어마 무시한 크기에 놀랐었는데 요렇게 아담할 수 있다니!

몇 걸음 사이에 위트레흐트 도착. 가장 눈에 띄는 것은 위트레흐트 돔타워. 내가 방문했을 때는 공사 중이라 내부는 들어가지 못했지만, 타워 높이가 하늘 높이 까마득했던 기억이 난다. 네덜란드에서 가장 높은 타워라더니 모형인데도 내 키의 두 배 이상은 되는 듯했다. 국회의사당과 관공서들이 모여있는 헤이그의 비넨호프는 실제로는 너무 멀어 한 번에 사진을 찍을 수 없었다. 이제는 항공 샷 한 방으로 모든 건물들이 다 들어온다.

그 밖에도 이름 모를 작은 건물들을 허리를 굽히거나 무릎을 꿇어가며 하나하나 요리조리 살피다 어느 순간 나는 작은 나비가 되어 건물 사이를 한들한들 날고 있었다. 18,000제곱 미터(약 5천 평)의 소인국을 산책했던 3월은 좀 쌀쌀했지만 지면을 꽃밭처럼 수놓은 작은 풍경들이 날씨와 관계없이 무척 따뜻하고 정겹게 느껴졌다.

걸리버는 소인국 릴리퍼트를 떠난 뒤 거인국 사람들의 나라 브롭딩낵에 닻을 내렸다. 걸리버는 브롭딩낵에서 우연찮게 어떤 한 유모가 젖을 꺼내어 아기에게 빨리는 모습을 보며 기겁했다. 그는 유모의 젖가슴 주위에 난 여드름과 주근깨, 여러 개의 점들을 보고는 끔찍해했다. 그보다 더 구역질나는 물체를 본 적이 없었다면서, 릴리퍼트에 있는 작은 사람들의 살결이 이 세상에서 가장 희고 아름답게 보였던 것을 떠올렸다. 릴리퍼트의 궁중에서 일하는 작은 사람들은 자기들끼리 어떤 귀부인은 주근깨가 많고 어떤 부인은 입이 너무 크고 또 어떤 부인은 코가 너무 크다고 말하지만, 걸리버는 그러한 것을 도무지 알아볼 수가 없었다. 그에게는 그들 모두가 귀엽고 사랑스럽기만 했을 것이다.

---

* '아미ami' 앞에 쁘띠를 붙이면 남자친구일 경우 'petit ami', 여자친구는 'petit와 ami' 어미에 각각 'e'를 붙여 'petite amie'로 쓴다. 다만, 발음은 '쁘띠따미'로 동일하다.

불어에는 '쁘띠petit'라는 말이 있다. 일반적으로 '작은', '어린'이란 의미로 사용되지만 '귀여운', '사랑스러운'이란 뜻도 있다. 친구라는 뜻의 '아미ami*' 앞에 쁘띠를 붙이면 키가 작은 친구가 아닌, 남자친구 또는 여자친구라는 뜻이 된다. 아리송했다. 애인을 왜 '작은 친구'라고 부를까. 프랑스인은 이를 '비밀스럽고 개인적이고 사적이기 때문'이라고 한다. 작은 별, 작은 곰, 작은 아가씨, 작은 섬이 주는 어감에는 왠지 사랑스운 느낌이 담겨있다. 그렇다. 애인이란 왠지 힘이 세고 크다는 의미보다 뭔가 특별하고 소중하기에 마음속에 고이 간직하고 싶은 것이 아닌가. 마치 작은 보석 상자의 열쇠를 둘만 갖고 있는 것처럼, 보호해 주고 싶고 사랑해 주고 싶은 무엇일 테니깐.

비행기에서 창밖을 내려다본다. 평상시 너무 익숙한 풍경이라 관심을 두지 않았는데 오늘은 좀 특별하다. 슬로우 비디오 한 장면을 보는 듯한 풍경이 새삼 아름답다. 장난감 같은 건물들, 코발트색의 강물과 푸르른 산과 들, 이들 옆을 지나는 잘 닦인 도로, 그리고 그 위를 한가롭게 오가는 자동차들…… 마치 내 손바닥 위에 있는 듯한, 하늘 위에서 본 세상의 모습은 이렇게 아름답다.

새처럼 날고 싶어

"비행기가 로도스 공항에 가까워졌을 때 갑자기 양쪽 엔진이 딱 멈춰버렸다. 비행기 엔진이 멈추자 주위는 고요했다. 구름 한 점 없는 화창한 날이었고 세상은 더할 나위 없이 깨끗해 보였다. 저 멀리 에게 해가 반짝이고 있었다."

_ 무라카미 하루키, 〈저녁 무렵에 면도하기〉

날씨가 좋았으면 가까운 네딜란드 섬에 가서 커피라도 한잔하려고 했었는데 궂은 날씨 때문에 공항 근처를 30분 도는 것으로 만족해야 했다. 날씨가 좋지 않아 조심해야겠다는 강박감이었을까, 왠지 모를 비장함으로 우리는 비행기에 올랐다.

자동차가 출발하듯 별다른 절차 없이 시동과 함께 우리의 비행기가 활주로에서 날아올랐다. 보조날개가 접히는 모습이 눈에 선명하다. 비행기가 좌우로 반복해서 기울며 날아간다. 동체의 움직임을 따라 우리 몸도 요동친다. 항공기를 수없이 타보았지만, 경비행기를 타고 이렇게 가까이서 하늘을 느껴보는 것은 처음이다. 조종석은 말할 것도 없고 우리가 앉아 있는 뒷좌석에도 커다란 창문이 있어서 사방이

두루 잘 보인다. 처음엔 좀 긴장했지만 긴장감도 곧 사라졌다. 확 트인 앞면과 좌우 면으로 펼쳐지는 광활한 창공에 순식간에 압도당했다.

"모든 것은 비현실적으로 아름답고 조용하며 아득히 멀리에 있었다. 나는 이대로 죽는다 해도 이상하지 않겠구나 싶었다. 자신이 점점 투명해지다 끝내는 육체를 잃고 오감만이 남아 잔업 처리하듯이 세상을 마지막으로 보고 있는 것 같았다. 아주 신기하고 적막한 느낌이었다. (중략) 그러나 죽음의 감촉은 아직 내 안에 선명히 남아 있는 탓에 죽음을 떠올릴 때마다 언제나 그 작은 비행기 안에서 본 풍경이 머릿속에 되살아난다."_ 무라카미 하루키, 같은 책

비행을 할 때면 평소에는 멀게만 느껴지는 죽음이 바로 발밑에 와있는 것 같다. 그럴때면 오래전 파리의 페르 라셰즈 묘지 가이드*와의 만남이 생각난다. "사후 세계를 믿으세요?" 내가 묻자 그는 말했다. "음. 죽음 전에 제대로 된 삶이 있었는지로 질문을 바꿔도 될까요? 제대로 된 삶을 살고 있는지 생각해 보는 게 우선일 것 같네요."

* 묘지의 유래 및 묘지에 안치된 사람들에 관한 해박한 지식을 가진 사람

비행기가 고도를 낮추자

비행기 위로 새들이 지나고 있었다.

새들은 아무것도 손에 쥔 게 없어서

저렇게 높이 날 수 있는가 보다.

네덜란드에서는 거지도 영어를 한다

"네덜란드인들은 왜 이렇게 영어를 잘 해?"

"영어만 잘 하는 게 아닌데? 다른 나라 언어도 잘해. 나는 스페인어,
독일어, 프랑스어, 영어, 네덜란드어를 하는걸. 옛날에 네덜란드인들
은 무역 때문에 어디든 갔어. 무역을 하려면 그 나라 사람들의 언어
를 해야 하잖아. 몇 세기 전부터 그래왔기 때문에 조상들로부터 받
은 언어 능력이 있어." 나의 물음에 동료가 자랑스러운 듯 얘기하며
활짝 웃었다.

'결국 타고났다는 이야기를 하고 싶은 건가.' 나는 보다 현실적인 요
인을 알고 싶었다. 호텔에서 TV를 보면 뉴스나 시사프로 외의 드라
마, 영화 그리고 만화 등 대부분이 영미권 프로그램이었다. 가정에서
모국어를 사용하지만 네덜란드 아이들은 어려서부터 영어에 친숙해
질 수밖에 없을 것이다. 그러나 이보다 중요한 이유는 아마 네덜란
드어와 영어의 유사성일 것이다. 어휘, 문법, 어순이 상당히 유사하
다. 영어를 할 줄 안다면 일상적인 대화의 의미는 누구나 추론이 가
능하다.

Wat is dit? (What is this?)

Dit is een appel. (This is an apple.)

Wat is jouw naam? (What is your name?)

Mijn naam is Peter. (My name is Peter.)

게다가 네덜란드 사람들의 외국어에 대한 개방적인 사고도 무시할 수 없다. 프랑스나 이탈리아 사람들은 자국어 중심이어서 어딜 가든 다른 나라 사람들이 자국어에 맞춰주기를 바란다. 반면에 네덜란드 사람들은 정반대다. 에어프랑스에서는 나 같은 외국인 직원은 무조건 프랑스어를 자유롭게 구사할 줄 알아야 한다. 하지만 네덜란드 기업에서는 회의할 때 단 한 명이라도 네덜란드어를 못하는 사람이 있다면 회의는 영어로 진행된다.

프랑스에 가서 '하이'하고 인사를 하면 인상을 팍 쓰며, '봉주르'라고 하는 프랑스인을 종종 만날 수 있다. 하지만 네덜란드에서 '하이'로 인사하면 더 따뜻한 '하이'가 돌아온다.

언젠가 "네덜란드에는 거지도 영어를 한다"는 얘기를 들었다. 이 말을 직접 확인하기 위해 거리에 나갔다. 하지만 막상 암스테르담 거리에는 거지가 없었다.

네덜란드의 쉰들러, 코리 텐 붐 이야기

검은 그림자가 뒤쫓아온다. 또각또각…… 구두 소리만이 골목에 울려 퍼진다. 발걸음을 재촉한다. 뒤에서도 더 빠르게 따라온다. 모퉁이를 돌았다. 하지만 출구가 없다. 더 이상 도망칠 곳이 없다. 그 순간 뒤에서 머리채를 낚아챈다. 악! 하는 외마디와 함께 눈을 떴다. 꿈이었다. 내 방이다. 거친 숨을 가다듬고 다시 잠에 들었다. 코리 텐 붐 하우스Corrie ten Boom House*는 유대인들에게 악몽에서 깨어난 내 방 같은 장소였다.

마음씨가 좋아 보이는 중년의 아줌마 가이드가 반갑게 맞아 주었다. 안락한 의자와 피아노, 샹들리에, 가계도와 코리 텐 붐 가족사진이 아늑한 분위기를 만들어 주었다. 그다지 조용하지 않음에도 벽의 총탄 자국들과 나란히 놓여있는 시계 소리가 들린다.

"1892년 네덜란드 할렘Haarlem에서 태어난 코리 텐 붐은 아버지의 뒤를 이어 네덜란드 최초의 여성 시계공이 되었어요. 어머니를 여읜 후 아버지, 독신인 벳시 언니와 살게 됩니다. 그러다가 제2차 대전의 소용돌이 속에서 탄압받는 유대인들의 고통을 외면할 수 없어서 텐

* 정식 명칭은 Museum이지만, 코리 텐 붐의 생가였던 점을 강조하여 House로도 일컬어짐

붐 가족은 그들을 위해 안전한 거처를 찾아주고 숨겨주는 일에 뛰어들어요." 이제 막 이야기를 시작했을 뿐인데 영국 아저씨는 가이드 아줌마의 말끝마다 '아!' 하는 탄식을 내뱉었다.

"5년 정도의 기간 동안 약 800명의 목숨을 구했어요. 방마다 버저를 달아서 밥을 먹다가도 1분 안에 밀실로 숨을 수 있도록 사람들을 반복 훈련시켰죠."

코리의 방 한 쪽 구석에 붙어있는 책꽂이에 비밀의 문이 있었다. 맨 아래 칸이 바로 밀실로 들어가는 입구가 된다. 숨겨진 여닫이 판자 문을 당겨 열었다. 무릎을 꿇고 손으로 바닥을 짚어가며 판자 뒤 좁은 방으로 들어가 보았다. 벽면을 따라 일렬로 서있어야 가까스로 7~8명 정도 수용할 수 있는 직사각형의 작은 공간이었다.

나치군이 집 수색에 나서면 이 공간에 숨어 며칠간 먹지도 자지도 눕지도 못하고 숨죽여 지냈단다. 이 작은 공간에서 마음을 졸이며 극도의 긴장감으로 온몸을 떨어야 했던 수많은 사람들.

"1944년 2월 어느 날, 결국 급습에 발각되고 가족 전체가 체포되지요. 심문관이 '늙은이, 당신은 집에 보내주고 싶은데, 말썽 또 피울 거야?'라고 묻자 코리의 아버지는 '오늘 내가 집으로 돌아간다면 도움이 필요해서 내 집 문을 두드리는 사람 누구에게나 다시 문을 열어 줄 거요'라고 담담하고 분명하게 말했어요."

가이드 아줌마가 담담하게 말하는 바람에 하마터면 내용을 놓칠뻔했다. "코리의 아버지는 감옥에서 9일 만에 돌아가셨어요. 벳시와 코리는 독일에 있는 죽음의 수용소에 끌려가 잔혹한 수감 생활에 시달려야 했지요. 하지만 그곳에서도 두 자매는 주위 사람들을 위로하는 삶을 살죠. 가족 중 유일하게 살아남은 코리는 2차 대전이 끝난 후 벳시 언니의 소원대로 네덜란드와 독일에 치유 센터를 건립했어요. 또한 전 세계를 돌며 사랑과 용서의 메시지를 나누고, 다양한 집필 활동을 했죠."

우리는 전쟁이건 평범한 일상이건 무언가의 지배를 받고 있다. 비록 그 상황이 현저히 다르다고 할지라도. 세상과 운명을 저주할 정도의 상황에서도 빛을 발하는 정신이 존재한다. 신경정신과 교수 빅터 프랭클Victor Frankl은 말했다. "인간에게 모든 것을 빼앗아갈 수 있어도 단 한 가지, 마지막 남은 인간의 자유만은 빼앗아 갈 수 없다. 주어진 환경에서 태도를 결정하고, 자신의 길을 선택할 수 있는 자유 말이다."

진짜 풍차를 보셨나요?

네덜란드에 처음 온 사람들은 풍차가 돌고 튤립도 피고 젖소가 돌아다니는 풍경을 기대한다. 하지만 이내 실망하기 마련이다.

네덜란드가 풍차로 유명하다고 해서 아무 곳에서나 볼 수 있는 건 아니다. 안타깝게도 우리나라 사람들이 네덜란드를 목적지로 여행하는 경우는 극히 드물고, 대개 암스테르담을 경유하여 유럽 각 지역으로 가는 경우가 많다. 혹 네덜란드를 여행한다고 하더라도 길어야 이틀 정도 머문다. 이런 짧은 일정으로는 네덜란드의 진면목을 발견하기가 어렵다. 설마 암스테르담에서 풍차를 보려는 사람은 없겠지.

네덜란드 남쪽에 위치한 킨더다이크Kinderdijk라는 풍차마을. 그곳을 방문했다. 적막을 가르는 거위 소리와 바람 소리를 벗 삼아 마을을 돌아본다. 수로와 풍차와 갈대 숲과 농가가 고즈넉하다. 밀레의 그림에 등장할 법한 전원적인 풍경이다. 하지만 풍차에 가까이 다가갈수록 풍차 자체의 이미지는 그다지 곱지 않았다. 우선, 크기가 하도 커서 한참을 올려다보아야 했다.

삐걱삐걱 소리를 내며 날개가 돌아갈 때면, 그 소리와 바람에 내 몸이 휩쓸려 들어갈 것 같다. 현실의 풍차는 단순히 바람에 빙빙 돌아가는 낭만적인 바람개비가 아니다. 거센 바람을 맞으며 홍수로부터 이 땅을 지켜낸 수호신이었다.

풍차 안으로 들어갔다. 기계장치들이 있을 거라 생각했는데 의외로 주거공간이 갖춰져 있다. 풍차가 주택 용도로까지 쓰일 줄은 몰랐다. 중앙의 기둥을 중심으로 빙 둘러 가며 자리하고 있는 거실과 주방, 침실 등이 아기자기하다. 위로 올라갈수록 좁아지지만 3층까지 주거공간으로 쓰였다. 풍차를 사용하던 시절에는 이렇게 풍차 안에 사람이 살았다고 한다. 그들은 풍차를 작동시키거나 관리하는 사람들과 그 가족이었다.

풍차와 함께 하는 삶은 어땠을까? 그들도 생계를 유지하기 위하여 농작물을 기르고 가축을 길렀겠다. 벽에 낚시도구가 걸려있는 것을 보니 낚시도 많이 했나 보다. 가재도구가 단출하다. 아무래도 장치 안에 살기 때문에 좁은 공간에 많은 것을 들일 수는 없었을 것이다.

그런데 갑자기 홍수가 나거나 바닷물에 땅이 침수되기라도 한다면? 고통은 이만저만이 아니었을 것이다. 위기의 순간에 그들은 풍차를 돌리느라 온 힘을 다 쏟아부어야 했을 터이니. 이들에게 풍차는 아름다운 풍경화에 나오는 멋진 장식품이 아니다. 삶을 영위하게 하는 현실이었다.

누군가 말했다. "만약 시인 정지용이 농촌에서 생활했다면, 〈향수〉라는 시는 탄생하지 못했을 것이다. 그렇게 아름다운 시어로 농촌을 그리지는 못했을 것"이라고. 그가 도시생활을 하였기에 농촌을 그리워하고 미화할 수 있었다는 얘기였다.

정말 아름다움이란 가까이 가면 사라지는

신기루 같은 것일까.

유럽의 한복판에서 항일을 외치다

나: 송혜교가 기부한 조형물이 있네요?

이기항 이사장: 난 송혜교가 누군지도 몰랐어. 성신여대 서경덕 교수라고 젊고 발랄한 사람이 있는데 근데 여기 와서 "뭐 애로가 있느냐?"라고 하길래, 이준 열사 동상은 있는데 세 분* 의 조형물이 없다고 했더니, "아 그래요? 그럼 제가 가서 한 번 알아볼게요." 그러는 거야. 근데 몇 달 후에 서경덕 교수한테서 연락이 온 게 아니라 철공소에서 전화가 왔어. "다 만들었어요."하면서 비행기로 실어 왔어. 송혜교가 돈을 댔대. 아이디어는 서경덕 교수가 냈고. 송혜교가 좋은 일 많이 하나 봐. 얼굴만 예쁜 게 아니고 마음씨도 예쁘고 훌륭해. 저거 돈이 얼마짜리야? 엄청 들었을 거야.

헤이그에 위치한 이준 열사 기념관** 의 빛바랜 흑백사진들과 오래된 영문 글자체의 기록물들 사이에서 한 조형물이 눈에 띈 것이다. 이곳을 운영하시는 이사장님과 잠시 대화를 나눴다.

나: 선생님은 어떻게 기념관을 설립하시게 된 거예요?

---

* 고종황제는 을사늑약의 무효함을 알리고자 1907년 제2차 만국평화회의Conférence de la paix에 세 명의 특사를 보냈다. 대한제국 평리원 검사 이준(49세), 전 의정부 참찬 이상설(38세), 전 상트페테르부르크 한국공사관 서기관 이위종(21세)이 그분들이다.
** 드 용De Jong이라는 호텔이 었던 이곳은 세 분의 열사가 기거했던 곳이며, 이준 열사가 순국했던 장소이기도 하다.

이기항 이사장*** : 내가 네덜란드에 산 지 46년이 됐어요. 1972년도에 무역회사의 회사원으로 파견 왔지. 그러던 어느 날 화란 역사학자가 신문에 '이준 열사가 돌아간 집이 있다! 어느 집에서 묵다가 죽었다!'라고 기사를 쓴 거야. 그래서 '가봐야지!' 마음을 먹고 왔더니 집이 쓰러질라 그래. 재개발돼서 없어지고 허물어지면 우리 역사가 없어지잖아? 그렇지 않아? 그럼 안 된다고 생각했지. 1층엔 헤이그에서 제일 큰 당구장이 있었고 위에는 무주택자들이 득실거렸지. 천장에 비가 새고 창문은 찌그러지고…… 쓰레기, 찌꺼기도 가득하고. 뭐 어떡해? 내가 가난하진 않았어. 그래서 이 집을 자비로 사고 수리하고 자료 하나하나 수집하고 자그마치 5년이 걸렸단 말이지. 3년은 무주택자들을 내보내는 데 시간이 걸렸어. 이 사람들이 변호사를 선임해서 안 나가려고 했지. 나도 변호사를 댔어. 그리고 헤이그시에 한국 역사 유적지로 보존해야 된다는 청원을 냈고 헤이그 시가 청원을 받아들여서 재개발에서 해제를 시켜줬어.

나: 이준 열사 기념관이 탄생하게 된 데에 이런 대단한 비하인드스토리가 있었다니 몰랐어요! 왜 안 알려져 있는 거죠?

*** 1999년 이준 열사 기념관 개관 후 20년 넘게 거주지 암스테르담에서 기념관이 있는 헤이그까지 매일 왕복하며 이준 열사가 떠난 곳을 지키고 있다.

이기항 이사장: 무식하구나? 껄껄껄…… KBS 해외 동포 상도 타고
KBS 다큐멘터리에도 방영됐는걸.

나: 헉 그랬구나. 제가 몰랐군요. 이준 열사의 헤이그에서의 죽음은
어떤 의미가 있을까요?

이기항 이사장: "한 알의 밀알이 땅에 떨어져 죽지 않으면 한 알 그
대로 있고 죽으면 많은 열매를 맺는다."라고 하신 예수님의 말씀처
럼 이준 열사의 죽음은 한국의 항일독립운동의 한 알의 밀알이라고
할 수 있지. 일본의 식민지화가 급속도로 진행되었고 여기에 저항하
는 독립운동이 가속화됐으니까.

"이 방에서 이준 열사가 순국하셨습니다!"라고 적힌 방 문 앞에 섰
다. 그 문구를 보자마자 그의 숭고한 뜻과 정신에 마음이 울컥했다.
이준 열사는 회의 참석이 거부된 지 19일만인 1907년 7월 14일 오
후 7시에 갑자기 순국한다. 그의 사진과 옷가지들이 보였다. 단정하
면서 정갈한 방. 지금이라도 이준 열사가 환한 미소를 지으며 들어
오실 것 같다.

타지에서 만나는 한국인은 처음 만나더라도 전부터 알고 지낸 사이처럼 금방 친숙해지긴 하지만, 입담이 참 구수하신 이사장님과는 대화가 너무 재미있어서 한참 수다를 떨었다.

이사장님께서 문 앞까지 배웅을 해주셨다. 360년이 넘은 건물을 관리하는 것부터 더 많은 사람들에게 이 박물관의 의미를 알리기 위한 작업까지 손이 필요한 곳이 한두 개가 아니었을 텐데. 이사장님의 노력이 없었다면 나라를 위해 이역만리에서 울분을 토하며 돌아가신 이준 열사가 머물렀던 곳은 흔적도 없이 사라졌겠지.

이사장님이 알려주신 길로 걸어서 5분 거리에 있는 '리더잘Ridderzaal ****' 앞을 거닐어본다. 제2차 만국평화회의가 열렸던 바로 그 건물이다. 당시 한국은 네덜란드 외무성이 초청한 47개국 명단 중 12번째에 'Corée'로 분명하게 명시돼 있었다. 하지만 일본은 을사늑약을 앞세워 한국 대표의 참석과 발언을 저지했다.

100여 년 전 이곳을 찾아온 헤이그 특사들은 굳게 닫힌 건물 앞에서

**** '기사의 집'으로 불리는 이곳은 현재 네덜란드 국회의사당으로 사용되고 있다.

얼마나 속이 상하고 원통했을까? 약소국을 침략하고 이를 묵인하는

강대국들의 말뿐인 '평화'회담에 얼마나 실망했을까?

"땅이 크고 사람이 많은 나라가 큰 나라가 아니고 땅이 작고 사람이

적어도 위대한 인물이 많은 나라가 위대한 나라가 되는 것이다"

_ 이준 열사

"땅이 크고 사람이 많은 나라가 큰 나라가 아니고 땅이 작고 사람이 적어도 위대한 인물이 많은 나라가 위대한 나라가 되는 것이다."

사랑해 미피!

작은 손으로 넘겨보았던 그림책에서 미피Miffy*를 처음 만났다. 하얀 얼굴에 기다란 두 귀, 점으로 표시된 두 눈, X 모양의 입을 가진 미피는 항상 똑같은 표정이었지만 어린 내 마음을 사로잡았다. 초등학교에 막 들어간 나는 이 귀여운 토끼 미피에 빠져 미피 가방, 미피 필통, 미피 공책, 미피 연필만 사용했다. 그 시절 미피는 언제나 내 곁에 있었던 단짝 친구였다.

기억 저편에 있던 미피가 뜻밖에도 암스테르담에서 소환되었다. 미피가 지천이다. 다양한 일상 소품으로 만들어져 상점마다 진열되어 있다. '일본 캐릭터인데 이 먼 곳까지 미피가 웬일이지?' 그때까지 나는 미피가 일본 것인 줄 알았다. 알고 보니 미피의 본고장은 놀랍게도 네덜란드였다.

미피 박물관이 있다는 소문을 듣고 박물관이 있는 네덜란드 중부 도시 위트레흐트Utrecht를 찾았다. 미피를 탄생시킨 네덜란드 작가 딕 브루나Dick Bruna의 고향이기도 하다. 흰색 바탕에 미피가 그려진 박물관 입구는 산뜻하면서 현대적 느낌이 든다. 안으로 들어서서 주위

---

* 본명은 나인체Nijntje, 작은 토끼를 뜻하는 네덜란드어 코나인체Konijntje의 준말이다. 네덜란드 이외의 다른 나라에서는 미피로 더 많이 알려져 있다. 미피 동화책을 처음으로 영어 번역한 번역가가 발음하기 쉽게 '미피'로 명명했다고 한다.

를 둘러보니 박물관이라기보다는 미술관에 들어온 것 같았다. 미피 동화책에 나오는 장면들을 곳곳에 구현해 놓았다. 미피의 방, 책상, 침실, 주방 등이 꾸며져 있다. 미피의 동물 친구들의 조그만 집들도 줄지어 있다. 그 밖에도 미피 이야기의 배경이 되는 물건들이 사방에 널려있다. 한 마디로 예쁜 미피의 세계가 펼쳐져 있었다. 몇몇 꼬마 녀석들이 여기저기 드나들며 좋아라 소리치며 법석을 떨고 있다.

미피의 세계는 밝다. 빨강, 노랑, 초록, 파랑 4가지가 기본 색상이다. 미피의 세계에 악당은 없다. 안전하다. 특이한 것은 미피는 물론, 모든 캐릭터들의 얼굴이 정면을 향하고 있다는 것. 또한, 미피의 얼굴은 변함없이 무표정하다는 것이다.

미피의 세계는 단순하다. 꼭 필요하고 특징적인 부분만 살렸다. 작가는 어떻게 단순하게 표현할 것인가를 늘 생각했다고 한다. 아마 어른이 되어 버린 자신의 마음을 수백 번 단순화시켜 어린이의 마음에 가장 가깝게 다가가기 위한 의지였을 것이다.

우리 집을 잘 모를 수도 있어.

오는 길을 잘 그려서 편지와 함께 보내야지.

친구들이 차례차례 들어오고 춤을 추었지요.

친구들 모두 춤 솜씨가 대단했어요! 시간도 춤추듯 흘러갔지요.

모두 함께 주스를 마신 다음 영화를 봤어요.

엘리스 고모가 말했죠.

"자, 이건 파티 선물이란다. 모두에게 하나씩 주는 풍선이야!"

"와, 정말 최고로 멋진 파티에요!"

바로 그때에요. 미피가 그만 풍선을 놓쳤어요.

너무나 안타깝고 속상했지만 미피는 울지 않았답니다.

_ 〈파티를 열어요〉

짧은 글과 그림이지만 친구를 위하는 마음, 친구에게 좋은 것을 주고 싶어 하는 마음, 친구와 함께 할 때의 즐거움이 그대로 느껴진다. 친구와 함께라면 어떤 속상한 일도 문제없다. 풍선을 놓친 것은 안타까운 일이었지만 미피는 울지 않았다. 소중한 친구들이 있었기 때문이었겠죠?

박물관에 함께 간 친구가 섬뜩한 이야기도 들려주었다. 미피의 입이 X자인 것은 미피가 왕따여서 말을 아예 못 하도록 입을 꿰매어버렸기 때문이라는 것이다. 아니면 미피가 식인 토끼여서 인간을 잡아먹지 못하게 입을 꿰매 놓은 것이란다. 내 눈앞에 귀엽고 사랑스럽게만 보이던 새하얀 토끼가 엽기토끼로 돌변하는 오싹한 순간이었다.

하지만 미피의 입모양에 대해 작가는 토끼의 입모양을 그저 단순화시킨 것뿐이라고 한다. 어쩌면 미피가 일방적으로 이야기를 하는 것이 아니라 어린이들이 말을 걸게끔 하기 위한 것일지도. 귀여운 꼬마 숙녀가 미피에게 다가와 볼에 입 맞추며 종알거린다.

"사랑해 미피!"

2 장.

내 인생의
_____

거품을 위하여
_____

화려하지 않지만 얼굴을 살며시 드러내는

인간에게 필요한 공간

코트다쥐르 해안가의 작은 오두막에서 그는 그가 좋아하는 모든 것을 할 수 있었다. 그는 의자에 앉아서 창밖의 바다와 풍경을 바라보며 사색하고 자연 속에서 명상하는 것을 좋아했다고 한다. 그와 그의 아내가 서로 대화하고 행복한 시간을 보내기에 충분했던 4평의 기적. "인간에게 필요한 공간은 4평이면 충분하다."라는 그의 말을 몸소 증명한 것이다. 현대 건축의 아버지 르 코르뷔지에Le Corbusier에 대한 이야기이다.

작은 다락방. 큰 창이 있고 그 앞에 테이블 하나가 놓여있다. 최대 5명까지 앉을 수 있는 테이블에 우리 가족과 주인아저씨가 앉으니 꽉 찬다. 고개를 숙이고 걸어야 하는 작디작은 티룸. 키가 190cm가 넘어 보이는 주인장 아저씨 닐스가 입을 연다.

"이 집은 암스테르담에 등록되어 있는 집들 중 가장 작은 집이에요. 약 9제곱 미터(약 2.7평) 사이즈의 집이죠. 건물과 건물 사이의 남은 공간을 메워 만든 집이지만 그만큼 많은 이야기들이 이곳을 행복으로 채웠죠."

그는 우리에게 온갖 종류의 차를 소개해 주고 싶어했다. 1층에 내려가서 유리 단지에 담긴 차를 가져다주고 다른 차를 가져오려고 또다시 내려갔다가 올라오기를 반복했다. 요청하지도 않았는데 자꾸 가져다주며, 각 차의 특성과 맛을 설명하고 시음하기를 권한다. 닐스는 테이블이 유리 단지로 꽉 차고 나서야 안심이 됐는지 이번엔 아침에 직접 만들었다는 애플파이를 큼지막하게 썰어 주었다.

"이 집의 역사에 대해 조금만 얘기해 주시겠어요?"라고 물었다. "그 질문을 해주니 기쁘군요! 모든 이야기에는 시작이 있지요……"라는 말로 닐스가 이야기를 시작한다. "이 집의 이야기는 1738년도부터 시작됩니다. 처음 이 집이 생겼을 때는 시계 공방으로 문을 열었어요. 7명의 가족이 살았죠. 1918년에 시가 숍을 운영하며 2층에 살던 가족사진이에요. 1938년에는 안경점, 1962년부터는 저희 장인어른이 사셨어요. 그리고 처음 상점을 오픈한지 276년 만인 2014년에 저와 아내가 암스테르담에서 가장 작은 티 하우스의 문을 열게 된 거죠. 1600년대 동인도 회사가 인근에 위치해 있었는데, 네덜란드인들이 유럽에 티를 들여온 선구자들이거든요. 그래서일까요? 네덜란드에는 차를 즐기는 인구가 꽤 됩니다. 거기서 사업 아이디어를 얻었어요. 티 더 드릴까요?"

닐스는 이런저런 가족 얘기, 사업 얘기 등을 함께 나눈 후에 1층 티 숍으로 내려갔다. 우리 가족은 여행의 피로를 달래듯 편안하게 앉아 차를 음미하며 오붓한 시간을 보냈다. 좁은 공간이다 보니 아늑함이 더했다. 평소 가족과 대화를 나눌 때면 내 마음속에 번져가는 따스한 사랑을 느낄 때가 많았는데, 이렇게 좁은 공간에서 가슴이 더 가까이 맞대어 있으니 더욱 그렇다. 엄마가 기분이 좋다고 하신다. 기분이 좋아지는 방법은 정말 아무것도 아닌듯하다.

창밖은 6월의 겨울이다. 보행자들이 옷깃을 여미며 종종걸음을 한다. 어쩌면 가장 작은 집의 장수 비결은 소박한 마음만이 누릴 수 있는 사랑, 진실, 나눔 등 행복의 단어일 것이다. 우리가 앉았던 티룸한 쪽 끝 스탠드에 적힌 짧은 문구가 보인다.

'Enjoy the little things!'

모든 이야기에는 시작이 있지요

사랑은 나막신을 신고

오늘 하루 네덜란드의 시골 소녀가 되기로 했다.

오래전부터 하고 싶었던 것이었다. 네덜란드의 이곳저곳 작은 마을을 찾아다니다 보면 마을마다 눈길을 끄는 것이 있다. 마을마다 차이가 있지만, 예쁜 소녀들이 입고 있는 전통 의상이다.

친구와 함께 전통 의상을 입혀서 사진 촬영을 해주는 볼렌담Volendam의 어느 스튜디오를 찾았다. 아주머니 두 분이 내가 입고 있는 옷 위로 휘리리릭 옷을 입혀주신다. 순식간에 의상이 마법처럼 바뀌었다. 발목까지 오는 세로 줄무늬의 긴 치마를 재빠르게 둘러주시고 가슴과 어깨 등을 덮는 천을 입혀주셨다. 화훼 국가답게 아름답게 꽃으로 수를 놓은 앞치마도 치마 위에 매주셨다. 날개가 달린 듯한 모자는 간호사 모자와 비슷했다. 빈티지한 빨간 산호 목걸이까지 걸고 나니 제대로 된 네덜란드 전통 패션이 완성되었다.

마지막으로 신발을 고르는 순서다. 모두 나막신이다. 크롬펜Klompen이라고 하는 나막신은 육지가 바다보다 낮아 습지가 많은 이 나라에서는 중요한 필수품이었다. 발 전체를 감싸는 구두의 형태를 하고 있는데 색이나 프린팅 종류가 다양하다.

옛날 네덜란드에서는 총각이 처녀에게 구애를 할 때 자기가 만든 나막신을 선물했다면서 아주머니는 "오늘 아가씨들이 신게 되는 나막신에도 어느 이름 모를 네덜란드 총각의 사랑이 담겨있을 터이니, 행운을 빈다."라고 하시며 호탕하게 웃으셨다. "멋진 신랑감을 기대한다"라고 맞장구치며 우리도 함께 즐거워했다.

남자는 몇 날 며칠이고 사랑하는 여인을 생각하며 공들여 신발을 만들었을 것이다. 그리고 그 신발을 선물 받은 여자는 신발을 신을 때마다 남자의 정성이 깃든 사랑에 푹 빠졌겠지.

나는 풍차와 꽃이 그려진 하얀색 나막신을, 친구는 빨간색 나막신을 신었다. 신축성이 없는 나무로 만든 신발이 과연 실용성이 있을지 의심하며 상당히 불편할 것으로 생각했는데 막상 신어보니 괜한 걱정이었다. 가볍고 착용감이 좋다.

신발로 완성된 전통 의상이 더욱 사랑스러워 보인다. "어때? 네덜란드 소녀 같아?" 친구와 나는 서로를 바라보며 깔깔대기도 하고 실없는 얘기를 나누며 깜짝 변신을 즐겼다. 거울을 보니 반은 낯설기도 하고 반은 낯익은 듯한 국적불명의 두 소녀가 웃고 있다.

내 인생의 거품을 위하여

대결이 붙었다. 나의 상대는 미국인, 이스라엘인 그리고 캐나다인. 종목은 맥주 따르기. 맥주를 마시기에 가장 이상적인 거품과 맥주의 비율을 완성한 사람이 이긴다. 최종 승자에게는 하이네켄 한정판 기념품이 주어진다. 암스테르담 하이네켄 체험 박물관Heineken Experience에서 나는 도전을 외쳤다!

맥주 탭을 앞쪽으로 당기면 맥주가 나오는데 준비 자세로는 라이벌들의 실력을 가늠할 수가 없다. 떠들썩한 분위기 속에서 심판이 대결의 시작을 알렸다. 생각해 보니 생맥주를 직접 따르는 것은 난생처음이다.

심판이 중간중간 맥주에 대한 이론을 펼친다. "맥주를 가장 맛있게 마실 수 있는 황금비율은 거품과 맥주 비율 2:8이에요. 이 비율을 지키기 위해서는 각도가 생명이죠." 하지만 각도 맞추는 게 영 쉽지 않다. 너무 기울여 따르면 잔에 거품이 없고 잔을 세우면 거품이 너무 많이 생긴다. 기울였다 세웠다 갈팡질팡하고 있는데 언니가 또 한마디 덧붙인다. "이 거품이 맥주의 맛과 향을 결정해요. 맥주의 황금

빛 색깔을 유지시켜주는 것도 바로 거품이지요. 맥주는 공기와 만나면 산화되고 맛이 변질되는데 거품이 이걸 막고 맥주 본연의 맛을 지켜주기 때문이거든요."

거품을 오래 유지하기 위한 방법을 연구한 학자들도 있다는데 거품이 중요하긴 한 것 같다. 심판 언니의 거품 이야기를 들으면서, 잠깐 동안 인생에도 거품이 필요하겠다는 생각이 들었다. 물거품이 아닌 맥주 거품 말이다. 맥주 거품을 인생에 비유한다면 고민, 노력, 절망, 실패 등 인생의 '쓴맛'에 해당하겠지.

거품 없는 맥주는 맛이 없고 밋밋하다. 한 평생 쓴맛을 경험하지 않은 인생이라면 지루하고 재미없을 것 같다. 이런 생각에 빠져있는데 시합이 종료됐다. 내 잔은 거품이 거의 80프로나 되었고, 미국인이 우승을 차지했다. 각자 자기의 잔을 들었다. 거품뿐인 내 잔은 맥주를 마시다만 기분이었다. 내 인생의 적당한 거품을 위하여 프로스트 Proost*!

---

* 한국말로 건배를 의미함.

하늘 놀이터

암스테르담에는 인지도 높은 그네가 하나 있다. 이름은 오버 더 브릿지Over the bridge. 빨간 그네는 암스테르담 전망대 룩아웃Lookout 위에 설치되어 있어 어디서든 쉽게 눈에 띈다. 빌딩 꼭대기에 대롱대롱 달린 그네는 모두의 호기심 대상이다.

어린 시절, 놀이터에서 제일 신나고 재미있었던 놀이 기구하면 단연코 '그네'였다. 아무리 그네를 좋아했다 해도 어린 시절 추억일 뿐, 성인이 된 지금 높은 곳에 있다는 그네는 겁 많은 나에게는 관심 밖의 물건이었는데, 친구와 암스테르담 시내를 걷다가 '우리도 한 번 타볼까?'해서 즉흥적으로 가게 됐다.

지상 20층, 높이 약 100m의 전망대에 도착했다. 사방이 다 보인다. 암스테르담 도심을 눈에 담아보았다. 국명조차 '낮은Nether 땅Lands', 네덜란드에는 산이라 부를만한 지형이 거의 없다. 높아 보았자 뒷동산, 언덕 정도이다. 고층 건물도 찾아보기 힘들다. 어디서든 스카이라인의 방해 없이 확 트인 지평선의 진수를 만끽할 수 있다. 저 멀리 암스테르담 중앙역의 기다란 지붕 위에 커다랗게 새겨진 'AMSTER-

DAM'이 선명하다.

그네는 두 대가 나란히 설치되어 있고 한 대에 좌석이 두 개씩이다. 전망대 한쪽 가장자리에서 허공을 가로지르는 그네는 보기만 해도 아찔하다. 그런데, 바로 앞 순서에 그네에 몸을 맡긴 남녀는 소리 한 번 안 지르고 느긋하게 이야기를 나누며 경치를 감상한다. '별거 아 닌가?'하는 느낌을 받았다.

우리 차례가 되었다. 그네의 좌석이 앉기 좋도록 지면 가까이 낮게 내려와 있었다. 우리는 앞의 남녀처럼 느긋한 모습으로 편히 앉아 안전장치를 조작하고 양손으로 밧줄 대신 철제 봉을 잡았다. 기계 음 소리가 나면서 발이 지면에서 떨어지고 우리 몸은 3미터 정도까 지 높이 올라갔다. 그네가 앞뒤로 흔들리기 시작한다. 처음에는 움 직임이 작았는데 점차 커진다. 내 가슴은 하늘에 뜬구름처럼 부풀어 올랐다. 안전바가 있는데도 불구하고 그네가 앞으로 뒤로 왔다 갔다 세차게 움직일 때마다 한국어 방언이 터졌다. 겁 많은 나는 말할 것 도 없고, 친구도 '끼야악!' 한술 더 뜬다. 앞서 탔던 그 남녀 한 쌍은

화성에서 온 사람들이었나? 이 지구에서 잠시 떨어져 나가는 기분. 몸이 텅 빈 허공과 구름 속에 파묻혔다가 돌아온다. 더 멀리 나갔을 땐 구름을 만져보고 싶었다.

정신을 차리니 빨간 에어 소파에 널브러진 사람들이 보인다. 그네를 타면서 긴장한 탓인지 푹신푹신한 소파가 간절해 우리도 소파에 몸을 던져 드러누웠다. 사람들은 땅을 내려다보기 위해 높은 전망대에 오른다. 그런데 우리는 지금 하늘을 보고 있다. 가장 높은 곳에서 하늘을 바라보기에 방해요소는 없다. 하늘이 두 눈을 가득 채운다. 맑은 하늘, 따스한 햇살, 살랑거리는 바람, 모든 게 완벽하다. 이대로 있고 싶다. 오랫동안…… 오늘 하늘은 오늘만 볼 수 있다. 그리고 하늘은 올려다보는 이들에게만 허락된다. 주위를 둘러보니, 에어 소파에서 어떤 이는 잠을 자기도 어떤 이들은 책을 읽기도, 멍하니 있기도…… 자유롭다.

변신

보도 위에는 비닐봉지, 빈 맥주 캔 등이 여기저기 나뒹굴고 있었다. 설마 축제가 완전히 끝난 것은 아니겠지. 코스튬을 입은 사람들은 펍 앞에서 서성이고 있었다. 술병을 든 사람들, 가설물 사이를 오가는 인부들이 보였다. 아쉬운 대로 카메라 셔터를 눌렀다. 갑자기 누군가 나와 동료 언니를 끌고 펍 안으로 들어갔다.

저항할 틈도 없었다. 펍은 시끄러운 노래와 연기, 사람들로 가득 차 있었다. 오전 11시라는 것이 믿기지 않았다. 우리를 끌고 온 그가 생맥주 두 컵을 따랐다. 자연스럽게 서로 어울리고 있는 사람들과 달리 나는 불안해하며 맥주잔을 들었다. 그가 다시 우리를 펍 깊숙한 곳으로 데려갔다. 그러고는 한 친구를 소개했다. 그는 한국 대학의 로고가 새겨진 잠바를 입고 있었다. "난 모리스라고 해. 2년 전에 한국에 6개월 동안 교환학생으로 있었어. 한강에서 친구들과 마시던 맥주가 생각난다. 한국은 내 마음의 고향 같은 곳이야."

"그래서 이렇게 과잠을 입고 다니는 거야? 정말 반갑다. 사실 난 여기 누구에게도 초대받지 않았어. 갑자기 저 친구가 우리를 끌고 왔지 뭐야. 그리고 술도 주었지."

"누구든 카니발 기간 동안 즐기다 가면 그만이야."

"응…… 그렇구나. 고마워."

그는 나를 향해 눈웃음을 지었다. 그러고는 사람들 사이로 들어간다. 한 삼사십 명 정도 될까? 펍 안에 있는 사람들이 우리를 주시한다. 한양대 모리스가 입을 열었다.

"여긴 승예야. 한국에서 왔어. 여긴 유니콘이야."

"안녕?"

유니콘이 내 볼에 자신의 볼을 가져다 대며 비쥬*를 한다. 그녀는 이마에 한 개의 뿔이 나있는 알록달록한 말의 모습이었다. 모리스가 나를 계속 소개한다. 천사 요정, 이집트 왕자, 피터팬, 의사, 늑대 인간, 로빈 후드, 인어공주, 파인애플 등과 인사를 나눴다. 그러는 동안 우리는 맥주를 3잔씩이나 더 얻어 마셨다. 모두 공짜였다. 모두가 우리를 따뜻하게 받아주었다.

천사 요정이 우리에게 다가오더니 정성스럽게 펄 파우더를 양 볼에

---

* 상대방과 짧게 양쪽 볼을 번갈아 대는 프랑스식 인사법

발라주었다. 그러자 우리를 환영한다는 듯이 모두가 떼창으로 노래를 불렀다. 가사가 네덜란드어였기에 전혀 이해가 되지 않았다. 갑작스러운 합창에 어리둥절해있는 우리에게 모리스는 내 귀에 대고 목청을 높였다.

"카니발은 이상한 코스튬처럼 말도 안 되게 웃기는 노래들로 유명하지. 지금 나오는 노래는 중국 메뉴를 그저 나열한 거야. 너희가 네덜란드어를 모르는 게 어쩌면 다행이야. 정말 터무니없는 내용들이거든! 오해는 하지 마. 절대 너희를 차별하는 건 아니니까. 음악도 다른 것과 마찬가지로 바보 같은 분위기에 더욱 활기를 주기 위한 도구일 뿐이야."

"그런데…… 모두 왜 이러는 거야?" 나는 모리스를 향해 물었다.
"뭐가? 우리가 뭘 잘못했어?"
"처음 본 우리한테 말을 걸고, 친구들을 소개하고, 밥을 먹자고 하고……"
"흠. 카니발은 한 손에 맥주잔만 들고 있으면 마을 주민이 되고 가족이 되는 거야. 그뿐이야."

그는 정말이지 좋은 말만 한다.

펍을 나오니 거리마다 사람들로 붐볐다. 발 디딜 틈도 없었다. 평범하게 입은 우리가 이상할 정도로 모든 사람들이 특이한 코스튬을 입고 있다. 흥겨운 분위기다. 퍼레이드는 이미 시작되었다. 대형 인형물을 매단 트랙터들이 선두에 섰다. 뒤이어 각각의 콘셉트가 있는 장식 차량들이 뒤따른다. 대체적으로 정치인을 패러디하거나 요즘 세태를 반영한 것이라고 한다.

내 옆을 보니 기저귀를 찬 털북숭이 아기가 있었다. 나도 모르게 말이 나왔다.

"왜 아기가 된 거야?"

"아기가 되고 싶었어. 순수하니까. 어렸을 때 느꼈던 추억을 다시금 떠올리고 싶었어. 그 당시에는 모두가 나보다 컸지. 다 함께 행복했던 것 같아. 내 고향 남쪽만 아는 느낌! 남쪽 사람들은 카니발을 통해 고향이라는 커뮤니티를 형성해왔어. 카니발은 꼬마 아이들부터 노년층까지 다 함께 노는 놀이터야."

굵은 목소리의 아기는 그렇게 말하고 사라졌다. 그 대답에 가슴이
뭉클해지는 건 무엇 때문이었을까.

카프카의 〈변신〉에서 그레고리는 어느 날 잠에서 깨어나자 흉측한
벌레로 변해있었다. 그는 벌레가 된 후 다리와 몸통, 머리와 턱, 그것
들의 움직임, 자신이 내는 소리까지 끊임없이 살펴본다. 변신 전 정
신없이 바쁜 그의 삶 속에서는 존재하지 않던 시간이었다. 그레고리
는 역설적이게도 인간과 전혀 다른 모습을 하고서야 자신을 살펴보
며, 느끼고 고민하기 시작했다. '자아'를 찾아가는 시간이었다.

저 네덜란드 친구들의 변신도 마찬가지다. 단기간이긴 하지만 자아
를 찾는 시간이다. 더욱 좋은 것은 유쾌하고 즐겁기까지 하다. 2월
네덜란드의 남쪽 마을 브레다Breda의 카니발 축제에서 나는 한 겨울
밤의 꿈을 꾸었다.

인간은 무엇으로 사는가?

암스테르담에서 나는 혼자 여행을 즐기는 편이다.

여행 중에 가장 많이 찾게 되는 곳이 뮤지엄이다. 자주 찾는 탓일까? 어느 뮤지엄이건, 뮤지엄이란 공간은 나의 절친한 친구가 되어준다. 고맙게도 그곳에서 몇 시간씩 외로움을 잊곤 한다. 가만히 앉아 홀로 그림을 보는 경우가 일반적이지만, 때로는 운 좋게 전문가의 설명을 얻어듣기도 한다. 어떤 그림 앞에서는 아무 생각 없이 무의식 상태로 정지되어 있는 자신을 발견할 때도 있다. 또한 가끔 마음을 뒤흔드는 그림 앞에서 그 매력에 쏙 빠져버리면, 혼자만의 기쁨을 주체할 수 없어 옆에 있는 사람에게 부질없이 내 마음을 강요하기도 한다. 아무튼 뮤지엄은 아무 부담 없이 나 자신과 소통하고 즐길 수 있는 자유로운 공간이다.

하지만 렘브란트 하우스 뮤지엄Rembrandt House Museum은 좀 달랐다. 절친한 친구 같은 공간이라기보다는, 집주인 렘브란트에게 정식 초대받은 손님으로서의 긴장감 같은 것이 느껴지는 공간이었다. 그의 인생을 알기 때문이다.

역시 외관부터 남다르다. 벽돌로 지어진 4층짜리 건물이 거의 4세기가 지났는데도 견고하게 서있다. 내부도 그의 명성에 맞게 입이 떡 벌어진다. 그림이 걸려있는 응접실, 박제 동물, 아시아 도자기, 총기류, 석고 등을 수집해놓은 방, 아틀리에, 제자들의 작업 공간까지……

부유한 집안에서 태어나 그림을 탁월하게 그리는 재주 덕분에 렘브란트는 20대에 이미 유명 인사가 되었다. 암스테르담에서 가장 인기 있고 유행을 선도하는 화가였던 그는 귀족들을 위한 초상화 제작을 독점했다. 20대 후반 부유하고 교양 있는 집안의 딸과 결혼하면서 사회적 지위까지 얻게 된 그는 낭비적이고 허세에 가득 찬 생활을 즐겼다.

하지만 운명은 그를 빛에서 어둠으로 내몰았다. 첫째 딸이 생후 2개월 만에 세상을 떠난다. 그 후 2년 만에 둘째 딸과 모친의 죽음 그리고 또 2년 만에 사랑했던 아내마저 잃게 된다. 가족을 잃은 슬픔, 상처, 절망…… 큰 충격을 받은 렘브란트는 예전과 같은 주문자의 욕구를 충족시키는 맞춤형 그림을 포기하면서 험난한 삶의 위기에 봉착하게 된다. 마치 맑은 날, 갑자기 심한 폭풍이 불어닥쳐 휘청거리며 방향을 잃고 쓰러지듯이… 그러나, 역설적이게도 그가 작품에 더욱 열정을 기울이고 그의 위대한 예술이 전개되기 시작한 것은 이때부터였다.

그의 대표작 〈야경Night Watch〉을 분깃점으로 그 이전과 이후가 대조적이다. 〈야경〉 이전의 그의 그림은 음영의 뚜렷한 대조, 인물의 사실적인 묘사 그리고 의상의 완벽한 재현 등 대중성과 상업성이 뛰어난 그림이 주를 이루었다. 하지만 〈야경〉 이후의 작품은 주로 금빛과 갈색톤을 사용하여 인물들의 심리적 묘사에 중점을 두었다. 조용하고 엄숙한 분위기 속에 내면세계에 몰입하려는 화가의 마음이 느껴진다. 인간의 사랑과 용서와 포용이 잘 드러나는 〈돌아온 탕자〉, 절제된 표정으로 대상의 내면에 깊이 다가간 작품 〈유대인 신부〉, 책에서 빛이 나오는 것처럼 보이는 〈책 읽는 노부인〉 등이 대표적이다.

1661년 작품인 〈사도 바울의 모습을 한 자화상Self-portrait as the apostle

Paul)에서 렘브란트는 늙고 초라하게 터번을 쓰고 있는 주름지고 야윈 노인의 얼굴이다. 하지만 그의 눈동자는 빛나고 온몸에서 경건함이 느껴진다. 인위적 포즈를 취하지도 않았고 허영의 그림자도 없다. 얼굴과 눈빛만으로 위엄을 전달한다. 그의 말년은 비록 세상적으로 볼 때 비참하고 불행한 모양이었을지 모르지만, 그의 영혼은 나날이 빛을 더해갔다. "우리의 겉사람은 낡아가나, 우리의 속사람은 나날이 새로워 갑니다"라고 한 바울의 말을 그대로 보여주고 있다.

잘나가던 젊은 시절 할부로 구입한 집값을 다 갚지 못한 렘브란트는 결국 파산한다. 채무자들은 집에 있던 렘브란트의 작품과 그가 수집한 작품까지 모두 가져가 팔았고, 결국 1658년 집은 경매에 넘어간다. 호화 생활을 누리던 렘브란트는 맨몸으로 월세방으로 옮겨갔고, 1669년 쓸쓸히 63년의 생을 마감한다. 임종을 지킨 이는 아무도 없었다.

삶의 희로애락을 모두 경험한 그의 집을 렘브란트는 애증의 마음으로 지켜보았으리라. 렘브란트의 이 집 또한 렘브란트의 부와 명성,

슬픔, 가난, 파산을 말없이 바라보았겠지. 그러고는 삶의 어둠 속에서 빛을 발한 그의 영혼을 지금까지 고이 감싸고 있겠지. 그의 그림을 보게 되는 날에는 어김없이 이 집을 찾아와 그를 느끼고 싶을 것 같다.

전통 치즈시장

알크마르Alkmaar역에서 내리니 사람들이 한 방향으로 줄지어 가고 있다. 그저 이 사람들을 따라가기만 하면 될 것 같다. 마을 중앙으로 들어가는 길에 늘어서 있는 꽃다발 또는 기념품 등을 판매하는 노점 상들을 구경하며 가다 보니 사방에서 점점 더 많은 사람들이 모여들었다. 1662년부터 시작된 알크마르 치즈 시장은 350년이 넘도록 전통 방식에 따라 경매를 진행하고 있다.

치즈 시장이 열리는 바흐광장Waagplein에 도착했을 때는 이미 많은 사람들이 광장 주위를 겹겹이 에워싸고 있었다. 사람들 틈새를 비집고 광장 안쪽을 바라보니, 오 마이 갓! 노랗고 탐스러운 자동차 타이어 만한 크기의 치즈들이 학교 운동장 만한 광장 한복판을 차지하고 있다. 플랜더스의 개에서 나올법한 그런 둥그런 치즈다. 여기 깔린 치즈가 2,400개 정도라고 한다.

알록달록한 모자를 쓰고 흰옷을 쫙 빼입은 거구의 아저씨들이 여기 저기서 치즈를 옮기고 있다. 일명 '치즈 아저씨'들은 2인 1조가 되어 한 개당 대략 15킬로 정도 하는 치즈를 썰매처럼 생긴 들것에 8개씩

쌓아서 운반한다. 들것 하나에 120~130킬로의 무거운 중량의 치즈를 싣고 있는데 무게감이 전혀 느껴지지 않는다.

헛둘헛둘 깃털처럼 가벼운 발걸음! 멜빵 끝에 달려있는 줄을 들것 끝에 살짝 파여있는 곳에 걸어 온전히 어깨 힘으로 든다. 줄이 하애서 얼핏 보면 들것이 둥둥 떠다니는 것 같다.

검사원들이 외관을 살펴보고, 두드려보거나, 샘플을 채취해 맛과 향을 보며 품질을 체크한다. 내 눈엔 다 똑같은 치즈 덩어리로 보이는데 나름 다 다른 곳의 치즈들인가 보다. 검사 후 치즈를 팔려는 사람과 구입하려는 치즈 도매 업자들의 가격 협상이 이루어지면 치즈 아저씨들이 치즈를 싣고 광장을 가로질러 계량소까지, 계량소에서 치즈의 무게를 잰 다음 왔던 길로 되돌아가서 손수레에 쌓아 놓았다가 차에 싣는 것이다. 균형을 잡기 위해서 어느 때는 뒤뚱뒤뚱 경보하듯이 걷고, 또 때로는 우렁차게 기합 같은 것을 넣으면서 걷기도 하는데, 이 모든 동작들이 하나같이 귀엽고 익살스럽다. 점심때가 되자 광장을 메웠던 그 많던 치즈 덩이들이 모두 사라져 버렸다.

알프스 소녀 하이디와 같은 복장의 여성들과 목청 좋은 소년들은 구경 온 사람들 사이를 부지런히 오가며 치즈 세트를 팔고 있다. 가까이에 있는 운하 쪽으로 가면 배에 치즈를 싣고 노를 젓는 뱃사공도 보인다. 마치 17~18세기 유럽의 어느 농촌 마을에 와있는 것 같은 목가적인 분위기다.

천막에서 치즈를 판매하는 아주머니께서 "이건 다른 맛이야! 먹어 봐!"하면서 들이미신다. 치즈 나이프로 치즈 덩어리 단면을 숭덩 썰어주시는데 시식 사이즈가 아니다. 세상에 이렇게 촉촉하고 신선하고 고소한 치즈가 있다니! 평생 맛보지 못한 치즈들이 많다. 페스토, 파프리카, 칠리, 트러플 등 갖가지 재료를 첨가한 이색 치즈들. 풍미가 다르다.

다소 거추장스럽고 비효율적으로 보이는 이들의 행동은 오늘날 희귀 관광상품이 됐다. 바코드를 찍고 돈만 내면 끝나는 현대 방식에 익숙한 우리들에게 이 시장만의 복잡함은 오히려 매력적으로 다가온다.

마법의 단어 에프렐링

입구부터 심상치 않은 아우라가 풍긴다. 왠지 날개 달린 원숭이들이 날아다니고, 마녀가 울부짖을 듯한 느낌의 뾰족한 마녀의 성이 보인다. 꼬불꼬불 숲길을 따라가다 보면 동화책의 한 장면 한 장면을 떠올릴 수 있는 동화의 숲에 이르게 된다. 그러고 보니 우리가 알고 있는 동화에는 거의 다 '숲'이 등장한다. 숲과 그대로 동화된 듯한 동화 속 주인공들이 진짜처럼 움직이고 있다.

한쪽 모퉁이에서는 발 없는 구두? 투명 인간이 신은 구두인가? 사람은 보이지 않고 구두만 움직인다. 빨간 구두가 음악에 맞춰 춤을 춘다. 피노키오를 만든 제페토 아저씨의 공방도 보인다. 공방 안은 마치 인형들의 세계를 보여주는 듯하다. 여기저기 귀여운 인형들과 동물들이 나타났다 사라지고 각종 기구들이 살아 움직인다.

네덜란드 상사를 모시면서 터득한 나만의 네덜란드 상사 다루기 방법이 있다. 그것은 에프텔링Efteling이라는 단어다. 아무리 성격이 안 좋은 사무장이라도, 어떤 더치 크루라도 에프텔링에 간다고 하면 다들 "오……!" 하는 탄성과 함께 눈에서 하트를 발사한다. 그 효과를 확인한 나는 근무 분위기를 띄울 때, 상사에게 잘 보이고 싶을 때, 할 얘기가 없을 때, 에프텔링을 들이댔다. '나 에프텔링 갈 거야!'하면 효과는 만점! 돌아온 반응이 단 한 번도 나를 실망시킨 적이 없다.

숲 한가운데에는 망루 하나가 서있고 망루 안에는 어여쁜 라푼젤 공주가 갇혀있다. 때마침 검은 망토를 뒤집어쓴 기괴한 모습의 마녀 할멈이 나타났다. 마녀 할멈이 '라푼젤, 줄을 내려다오!'라고 외치자, 라푼젤의 머리카락으로 엮어진 밧줄이 내려오고 마녀 할멈이 그것을 타고 망루로 올라간다. 올라가는 모습이 너무 무섭고 진지해서 이를 바라보고 있는 사람들 모두가 이구동성으로 '안돼~!'하고 탄식한다.

좀 더 숲속으로 들어가자 동화 '빨간 모자'의 한 장면이 재현되고 있었다. 빨간 모자를 쓴 소녀가 할머니의 오두막집 앞에 도착해있고 할머니를 잡아먹은 늑대가 집안에서 소녀를 기다리고 있는 장면이다. 자세히 보면 자는 척 연기하는 늑대의 배가 오르락내리락 하며 숨 쉬는 것까지 볼 수 있다. 빨간 모자 소녀까지도 먹어치우려는 늑대의 잔혹함에 머리가 쭈뼛하다. '잠자는 숲속의 공주'도 볼 수 있었다. 공주는 잠자고 있었고 공주를 지키는 병정도 잠자고 있다. 코 고는 소리도 나고, 꾸벅꾸벅 목을 흔들며 조는 수염 난 병정의 모습이 우습기도 하고 귀엽기도 하다.

에프텔링 내의 건물들은 똑바르거나 반듯하거나 새것처럼 반짝이지 않는다. 우스개소리인지 모르겠으나, 이곳을 디자인한 네덜란드의 일러스트레이터 안톤 피크Anton Pieck는 반듯반듯하게 건물을 올리는 공사 인부들을 보고는 마음에 들지 않아, 일하기 전에 술 한 잔씩 하고 삐뚤빼뚤 자연스럽게 지으라고 당부했다고 한다. 그래서인지 이곳의 집들은 인위적인 느낌이 없다. 우리가 어렸을 적에 찰흙으로 만들었던 장난감 집처럼, 어느 것 하나도 반드르르하지 않고 하나하나 모두 손으로 주물러서 만든 집 같다.

눈코입이 다 움직이는 나무 할아버지가 있다. 멀리서 볼 때 진짜 나무인 줄 착각할 정도로 정교하다. 우리나라 시골마을 입구에서 종종 볼 수 있는 아름드리 느티나무와 비슷하다. 나무 할아버지가 갖가지 재미있는 표정으로 이야기를 시작하자, 주변에 아이들이 옹기종기 모여든다. 네덜란드어를 알아들을 수는 없지만 무척 재미난 얘기인 것 같다. 여기저기서 '꺄르륵~꺄르륵~' 꼬마들의 웃음소리가 터지고 어떤 개구쟁이 녀석은 짓궂은 질문도 하는 모양이다. 나무 할아버지의 답변에 또 한바탕 웃음소리가 터지고……

아이들에게 인기 만점 쓰레기통도 있다. 엥? 그게 무슨 말이냐고? 에프텔링에는 영원히 굶주린 쓰레기통 가족이 흩어져 사는데 종이가 그들이 선호하는 메뉴다. 입을 앙증맞게 벌리고서 '파피에르 이에르Papier hier(종이 여기로)'라고 말한다. 쓰레기를 입에 갖다 대면 '당큐 벨Dank u wel(고맙습니다)'이라고 좋아한다. 이 기특하고 예의 바른 쓰레기통 앞으로 아이들이 모여서는 서로 쓰레기를 버리겠다고 아웅다웅하는 신기한 광경이 펼쳐지는 것이다.

에프텔링의 모든 캐릭터들이 귀엽고 친구 같은 면도 있지만 사실성도 강하다. 등장하는 인물, 동물, 사물들이 실물크기로 되어있는 것은 물론이고 각각의 이야기에 최적화되어 있다. 이와 함께, 뭔가 유럽 동화의 기괴한 면이 느껴진다. 전체적으로 클래식한 듯하면서도 유지 보수가 잘 돼있어 전혀 구닥다리 같지 않다. 시공간을 초월하여 동화책 속을 노니는 기분이다. 동화의 숲은 네덜란드 사람들의 어린 시절이 그대로 담겨있다고 느껴졌다. 엄마 아빠가 어렸을 때 사진 찍었던 그곳에서 아이들 사진을 찍어주고 엄마 아빠의 추억이 스며있는 곳에서 아이들은 또 새로운 추억을 쌓아간다.

놀이공원 한가운데에 있는 전망대인 파호더Pagode에 올랐다. 네덜란드는 참 숲이 많다. 여기를 봐도 저기를 봐도 무성한 숲이다. 큰 숲에 놀이기구 몇 대가 들어선 것 같다. 파호더에서 내려와 주변을 잠시 산책했다. 넓은 호수와 정원이 펼쳐져 있다. 한가롭게 떠다니는 오리들, 오리들의 동선에 따라 생기는 잔잔한 물결들, 잠시 날아온 비둘기들, 그 호수를 둘러싸고 있는 나무와 풀과 풍차들, 게다가 오늘은 날씨까지도 분위기를 띄운다. 네덜란드에서 보기 드문 파란 하늘! 잔디밭에는 가족들이 뒹굴며 뛰놀고 있다. 어느새 폐장시간이 임박하다는 멘트가 들려온다. 벌써? 에프텔링은 집에 가기에는 아쉬운 시간인 초저녁 6시에 폐장한다. 착하게 집에 일찍 돌아가는 네덜란드인들을 따라 나왔다. 거리로 나오니 사람들이 바삐 오가고 자동차가 달린다. 갑자기 내일 출근 생각이 난다. 시장기가 느껴진다. 마법이 풀렸나 보다.

내 마음속 다락방

보트에서 내린 우리는 수로가 이어지는 길을 따라 천천히 걸었다. 사람들은 잘 보이지 않고 관광객도 많지 않아 한적했다. 가만히 주위를 살펴보니 자동차가 없다. 그러고 보니, 도로도 없다. 보트와 자전거, 도보로만 이동할 수 있다. 작은 수로를 따라 집들이 들어서 있고 수로를 가운데 두고 마주 보는 땅을 잇기 위해 수많은 목재 다리가 놓여 있다. 그림 같고, 조용했다.

히트호른Giethoorn. 암스테르담에서 120km 떨어진 네덜란드 동북부의 이 작은 마을을 가족과 함께 천천히 돌아보았다. 멀리 푸른 들판 위에 건물들이 보인다. 가까이 가보니 모두 말린 볏짚으로 지붕을 이었다. 웬 초가집? 우리나라의 초가집과 규모와 모양에서 차이가 있지만, 아무튼 서양 문화권에서 초가집을 접하니 왠지 친근한 느낌이 든다.

집의 내부를 꼭 보고 싶었는데 아쉽게도 사람들이 실제 거주하고 있어서 불가능했다. 어쩔 수 없이 겉모양만 바라보면서 걷는데 눈에 띄게 예뻐 보이는 집 하나가 발걸음을 멈추게 했다. 주인인듯한 아주머니가 집 앞 정원을 돌보고 있었다. 나는 그 집 앞에 놓여 있는 다리 위에 서서 조용히 그곳을 응시했다. 잠시 후 아주머니가 흘깃 내쪽을 쳐다봤고 눈이 마주쳤다. 고요한 분위기를 깨고 싶지 않아, 너무 아름답다는 감탄의 제스처를 보였다. 그녀가 싱긋 웃어주었고 나는 다시 손을 흔들어 답례했다.

또 다른 집 앞에서도 멈춰 섰다. 아담한 집 앞을 감싸는 화사한 꽃무리가 햇살 아래 빛나고 있었다. 조금 전 탔던 보트의 캡틴 집도 보인다. "이곳에서 태어났고, 자랐고, 결혼하고…… 지금 지나가고 있는 저 아름다운 집이 제가 가족과 함께 살고 있는 행복의 집입니다." 행복에 겨워하는 캡틴의 목소리가 들리는 듯하다.

각각의 집들은 저마다의 개성을 뽐내고 정원에는 갖가지 아름다운 식물들로 채워져 있다. 싱싱한 여름을 맞아 탐스럽게 피어난 꽃의 향연이 여기저기 펼쳐지고 내 발걸음은 자꾸 멈춰진다. 중심 수로를 따라 마을의 끝까지 걸어가 보았다. 넓은 평원으로 이어지는 길의 끝은 한층 더 고요했다. 다시 되돌아오는 길, 바람 따라 유유히 흔들리는 거대한 수양버들을 스쳤고 무리와 떨어져 유영 중인 오리의 잔잔한 파문을 미소를 띤 채 지켜보았다.

찬란한 문화와 역사로 무장한 세계 유수의 도시들은 당연히 모든 여행자들을 압도한다. 하지만, 역사도 문화도 두드러지지 않지만, 그렇게 인위적이지 않으며 그야말로 너무도 평온하게 자연에 순치된 조그만 시골마을도 매력적이다. 어쩌면, 그것은 "자연으로 돌아가라"라는 루소의 말처럼 자연으로 돌아가고픈 내면의 울림일 것이다. 체력을 과분하게 소진할 일도 없이, 여유로운 마음으로 산책만 해도 충분히 즐거운 곳, 화려하지 않지만 자연스러운 얼굴을 살며시 드러내는 내 마음속 다락방 히트호른.

초대받지 않은 손님

세상일은 계획대로 되지 않는 경우가 많다. 어젯밤만 해도 예측할 수 없었던 일들이 오늘 일어난다. 어젯밤 탈락의 고배를 마셨는데 다음날 생각지도 않던 회사에서 합격 전화를 받는다. 어젯밤 시린 옆구리를 부여잡았는데 오늘 썸남이 나타났다. 우연한 일이 인연이 되고 인연이 운명을 가른다.

1653년, 그러니까 지금으로부터 360여 년 전일이다. 전혀 생각지도 않았던 나라 조선과 조우해서 책까지 낸 네덜란드 사람이 있다. 망망 바다에서 길을 잃고 생사의 기로에서 죽음과 맞서 싸우다가 하루 아침에 조선과 인연을 맺게 된 헨드릭 하멜Hendrik Hamel이 그 주인공이다. 네덜란드 어딘가에 혹시 하멜의 흔적이 있을까 싶어 찾아보니 암스테르담에서 남쪽으로 80km 정도 떨어진 고린헴Gorinchem에 하멜 박물관이 있었다. 고린헴은 하멜이 태어나고 생을 마감한 곳이다.

하멜 박물관의 하이라이트는 미니어처이다. 〈하멜표류기〉 내용을 그대로 재현한 것인데 그냥 봐도 재미있고 알고 보면 더 재미있다. 태풍으로 제주도에 표착한 하멜 일행과 구조하는 제주 군사들, 제주도에서 탈출을 시도하다 적발되어 한양으로 압송, 그리고 갖은 간난 끝에 마침내 조선을 탈출하기까지, 하멜이 조선에서 겪었던 전 과정을 상세히 표현하고 있다.

왕의 심문을 받는 자리에서 무릎 꿇고 앉아 있는 모습, 볼기를 맞는 모습 등 타국에서 이들이 겪어야 했던 답답하고도 두려운 일들이 안타깝게 느껴진다. 그러나 이렇게 미니어처로 보니 미안하지만 너무 귀여워 보인다. 탈출을 시도했지만 실패해서 전라도로 유배되어 잡역에 종사한다. 밭도 갈고 지게도 지고 빨래도 하고 물도 긷고……갖은 고초를 당하며, 아무런 미래도 보상받지 못하고 살아가야 했던 그들. 장장 13년 후, 1666년에 드디어 탈출 성공! 그 긴박함이 인형의 몸짓에서 드러난다. 항해를 시작했을 때 64명이던 사람들은 난파당할 때 절반 가까이 죽고 36명만이 살아남아 조선에서 지내다가 겨우 8명만이 탈출에 성공했다.

내가 짐작했던 것은 표류한 그들이 조선에서 적당히 호의호식하며 조선을 살핀 후 나중에 고향이 생각나 잘 돌아간 후에 책을 냈다고 생각했다. 하지만 조선에 13년이나 있었다는 사실도, 비슷한 케이스로 박연이란 조선 이름으로 먼저 조선에 들어와 평생을 살았던 동포인 벨테브레와 만났었다는 사실도, 시대 상황과 맞물려 나름 조정의 골치거리였다는 사실도 새롭게 알게 된 정보였다. 하멜이 이 기록을 남긴 목적이 조선에 억류된 기간의 임금을 동인도회사*에 청구하기 위한 일종의 보고서였다는 것도 의외였다.

위로는 왕으로부터 밑으로는 거지에 이르기까지 각종 사회 계급과 접촉하며 살았던 하멜은 당시의 조선 사회를 누구보다 객관적으로 관찰할 만한 입장에 있었다.

"조정에선 새로운 사령관을 내려보냈는데, 그는 우리에게 전혀 신경을 쓰지 않았습니다. 우리가 의복이나 기타 필요한 것을 달라고 청하면, 그는 국왕으로부터 쌀을 지급해 주라는 명령밖에 받은 게 없다고 대답했습니다. 그러니까 다른 필수품들은 우리 스스로 구해야 한다는 것이었습니다. 우리는 날마다 나무를 하러 다니기 때문에 옷이 해진 데다 추운 겨울이 닥쳐왔고, 이 나라 사람들은 호기심이 많

---

* 동인도회사는 17세기 초 영국·프랑스·네덜란드 등이 자국에서 동양에 대한 무역권을 부여받아 동인도에 설립한 무역회사의 통칭이다. 하멜은 동인도회사 소속 선원이었다.

고 진기한 이야기를 듣고 싶어 할 뿐 아니라 또 여기서는 구걸이 수치스러운 일이 아니기 때문에, 슬픔에 잠긴 우리는 어쩔 수 없이 구걸에 나서게 되었습니다. 우리는 그 직업을 받아들이고 감내했습니다." _〈다시 읽는 하멜표류기〉, 웅진닷컴

하멜에 대한 생각에 빠져있는데, 마침 푸근한 얼굴의 나이 지긋한 여성 직원 한 분이 슬며시 다가왔다. 자신을 발렌타인이라고 소개하며 말을 걸어왔다. 나는 대뜸 질문을 던졌다.

"하멜은 정말 괴롭기만 했을까요?" 그녀는 싱긋 웃으며 시원스레 답했다.

"개인적인 생각은, 그들은 그 당시에 젊은 나이인 20-30대였고 여생을 낯선 땅에서 살아야 한다는 현실을 받아들이기가 분명 힘들었을 거예요. 하지만 하멜은 싱글이었고 부모님은 이미 돌아가셨어요. 한국에서 아내와 아이들이 있었을 거라고 추측을 하는데 가정을 가졌다는 것은 더 이상 외롭지 않았다는 거겠죠?"

박물관에서 5분 정도 떨어진 곳에는 하멜의 동상도 있다. 조선을 유럽에 처음으로 알린 〈하멜 보고서〉를 왼쪽 팔에 낀 채 오른손으로는 먼 나라 조선을 가리키듯 허공을 가리키며 서 있다. 이와 동일한 동상이 전라남도 강진군에 위치한 하멜 기념관에도 있다고 한다. 강진은 1657년에서 1663년까지 6년 동안 하멜이 머문 곳이다.

인생은 참 예측할 수 없는 일들로 가득 차 있다. 네덜란드라는 나라는 원래 내 인생에 없었다. 가고 싶은 여행지로도 고려해본 적이 단한 번도 없었다. 우연히 KLM 승무원 모집 공고를 본 것이 계기가 되어 이렇게 지금 여기 하멜의 고향에까지 찾아오게 된 것이다. 우연이라는 예측할 수 없는 반전이 우리를 웃게도 하고 울기도 하기에, 사람들이 '인생은 코미디'라는 말을 하는 모양이다.

특별한 선물

"건축은 거친 자연의 환경을 사람이 살 수 있는 환경으로 만드는 필터 장치다."_ 유현준 교수

폭이 좁고 긴 건물들이 빽빽하게 붙어있는데 자세히 보면 아주 놀랄 만한 것을 발견할 수 있다. 대부분의 건물이 피사의 사탑처럼 기울어져 있는 것이다. 위태로워 보여도 잘 버티고 있는 건물들이 신기하다. 소박하지만 그 느낌은 강렬하다. 자기 마음대로 휘청휘청거리는 것 같은 모양들이다. 세계 어디에서도 볼 수 없는 진귀한 건물들의 모습이다. 오밀조밀한 암스테르담의 멋이다. 이 삐뚤빼뚤한 리듬이 암스테르담을 여행하는 나를 너무 즐겁게 한다.

비행이 거의 끝나갈 무렵, 즉, 비행기가 목적지에 도착하기 바로 전에 KLM은 비즈니스 클래스 탑승객에게 선물을 제공한다. 이른바 '델프트 하우스 미니어처'. 비행이 끝나서 우리 승무원들도 기뻐하지만 뜻밖의 선물을 받게 될 승객들도 무척 즐거워한다.

델프트 하우스 미니어처가 가지런히 놓여 있는 쟁반을 들고 나는 말

한다. "당신을 위한 선물입니다! 실제로 존재하는 네덜란드의 상징적인 집들을 모델로 삼아 델프트 블루*로 만든 건물 모형이에요. 매년 창립기념일에 그 해의 새로운 하우스가 발표되는데 현재까지 99번째의 미니어처가 나왔습니다. 이 안에는 볼스 쥬니버Bols Genever라는 네덜란드 진이 담겨 있어요."

설명을 마치면 승객들이 눈을 동그랗게 뜨고 그중 원하는 것을 하나 선택한다. KLM을 자주 이용하는 고객 중에는 체크리스트를 꺼내 본인이 소장하고 있지 않은 미니어처를 고르는 수집가들도 많다.

델프트 하우스 미니어처를 좀 더 풀어서 설명한다면, 도자기 재료로 네덜란드의 다양한 건축물들을 미니어처로 제작한 작품을 말한다. 나는 이 미니어처 하나하나가 '도자기로 건축미를 새롭게 표현한 조형 미술품'이라고 말하고 싶다. 색상은 아이보리색과 청색, 단 2가지 색으로 구현해냈다. 벽면은 아이보리색, 창문, 대문 그리고 지붕은 청색으로 표현했다. 아이보리색과 청색의 조화가 도자기의 은은한 질감과 어우러져 고상하고 우아한 품격을 나타낸다.

* 중국 도자기 색을 모방하여 만든 네덜란드 델프트 지방의 특산물인 질그릇의 색깔

네덜란드의 열악한 자연환경, 특히 해수면보다 낮은 지형을 감안한다면, 그곳에서 네덜란드인들이 생존을 위해 부단히 노력하고 수고한 결과물 중에 중요한 것 하나가 건축물이다. 그 열악한 지형과 환경에 맞서 발전시킨 건축의 역사를 델프트 하우스 미니어처가 예술적으로 표현해왔다.

여행을 하다 보면 여행지의 추억을 담아내는 기념품을 구입하여 가져올 때가 많다. 그곳이 너무 좋고 즐거웠던 곳이라면 더욱 그렇다. 델프트 하우스 미니어처는 암스테르담 방문객에게는 최고의 선물이 될 것이다. 더구나 그것은 공짜니까.

암스테르담 홍등가의 비밀

'에그머니나!' 엄마의 비명소리다. 햇살 밝은 대낮에 암스테르담 도시 한가운데 떡 하니 붉은 조명이 비치는 창가에서 반라의 여성들이 포즈를 취하고 있다. 아빠는 못 본 척 딴청을 피우고 동생은 쿨하게 가던 길을 간다. 왠지 공부 안 하고 딴짓하다가 딱 걸린 학생처럼 나도 민망해서 어쩔 줄 몰라 했다. 엄마는 근처 식당에 가서도 이상한 도시라면서 이해가 가지 않는다며 밤에 일찍 일찍 호텔에 들어가라고 신신당부했다. 가족여행 중에 발생한 돌발 사고였다.

암스테르담의 명물 홍등가Red Light District. 콘셉트 자체가 워낙 충격적이다 보니, 방문객들이 호기심에라도 꼭 가보는 곳이다. "홍등가의 여성이 커튼을 열고 남성들을 유혹하다가 갑자기 문을 열고는 한 남성을 잡아 끌어들이자마자 바로 커튼이 닫혔다"라는 등, 이미 그곳을 방문했던 동기 언니들의 수다가 끝이 없다. 몽환적인 불빛과 여인들의 야릇한 눈빛이 자아내는 퇴폐적인 분위기가 떠오른다.

나는 아직 마음의 준비가 되지 않았고 혼자 가기엔 왠지 떨려서 피하고 있던 홍등가. 하지만 워낙 도심에 있다 보니 어쩔 수 없이 마주칠 때가 있다. 가족과 함께 본 이후로도 몇 차례 홍등가와 맞닥뜨린 후 조금은 익숙해진 즈음 나는 매춘 박물관을 관람하기로 했다.

홍등가 내에 있는 매춘 박물관은 2층 건물로 출입구 위에 'Red Light Secrets(홍등가의 비밀)'이라는 문자가 크게 새겨져 있고 바로 밑에 작은 글씨로 'Museum of prostitution(매춘 박물관)'을 표기해 놓았다. 홍등가에는 매춘 박물관 외에도 관광객들의 호기심을 자극하는 성 관련 전시나 쇼 등을 관람할 수 있는 곳도 많다.

매춘 박물관은 실제로 매춘부들이 일을 하던 업소 중 하나였다고 한다. 아니라는 여성이 여기에서 살해당한 이후 박물관으로 개관했는데, 지금도 박물관 내부에 별도의 공간을 마련하여 아니를 기념하고 있다. 입구를 지나면 1인칭 손님의 시점에서 낮의 홍등가에서 즐기는 모습, 밤의 홍등가에서 즐기는 모습이 영상으로 편집되어 있다. 너무 적나라한 노출이 다소 충격적이었다.

요란한 음악과 꽃무늬 벽지로 도배된 복도를 지나자 매춘부가 자신을 홍보하는 쇼윈도 두 개가 설치되어 있다. 직접 매춘부의 입장이 되어 쇼윈도 앞에 있는 기분을 체험해보기 위해 관광객들이 줄을 섰다. 두 개의 쇼윈도 사이 벽면에는 손님들을 사로잡는 몇 가지 팁이 적혀있다. 허리와 엉덩이를 움직여서 곡선 살리기, 즐겁고 기쁜 표정 짓기, 눈 마주치기, 지나치게 웃지 말고 약간 입을 벌린 상태로 미소 짓기, 손을 숨기지 말기, 머리카락 넘기기 등등… 내 차례가 되어 쇼윈도 안으로 들어섰다. 밖에 있는 사람과 눈이 마주쳤다. 팁 중에 단 하나도 실행하지 못했다. 옷을 다 입고 있어도 부끄러운데 옷을 다 벗고 수많은 사람들 앞에 서 있는 기분은 어떨까?

박물관 곳곳에는 매춘에 대한 자세한 정보와 통계자료를 보여주는 글들이 있다. 하나하나 다 읽어보면서 놀랐던 사실은 2000년부터 성매매가 합법화된 네덜란드의 홍등가에서는 EU 여권을 소지하고 있는 21세 이상의 여성이라면 누구나 쉽게 매춘 일을 할 수 있다는 것이었다. 다만, 네덜란드 상공회의소에 찾아가 성 노동자로 등록하고 홍등가를 관리하는 민간 기업 경영자와의 인터뷰를 통해 독립적으로 일을 할 수 있는지 심사를 받는다. 그러고 나면 다른 자영업자 수

준의 세금을 내는 근로자로 인정된다. 그리고 쇼윈도를 개별적으로 임대하면 된다.

실제 성매매가 이루어지는 방을 리얼하게 꾸며놓은 곳이 있다. 각 방마다 다양한 사연들이 오디오에서 흘러나오는데, 이것은 모두 실제 인물이라고 한다. "저는 러시아에서 온 인가에요. 먼저 독일에서 강제로 일했지만 암스테르담으로 도망쳤고 자발적으로 선택해 홍등가에서 일을 시작한 지 벌써 15년이 됐죠. 지금은 포주가 없어서 너무 행복해요. 내가 원하는 걸 다 갖고 있고 내가 원하는 사람과 내가 원하는 걸 하죠. 저는 매춘부가 아니라 남자들의 판타지를 이뤄주는 섹스 테라피스트에요."

"저는 네덜란드인 에바이고 일한 지 3년이 됐어요. 자랑스럽지는 않지만 부끄럽지도 않아요. 저는 치장하는 걸 좋아하고 사람들 만나는 걸 좋아해요. 물론 몇몇 손님들은 끔찍하고 쉽지 않은 일이지만 돈을 많이 벌어서 공부하는 자금을 마련했답니다. 3년 전에 한 선택을 후회하지 않아요."

"제 이름은 안나에요. 폴란드에서 왔죠. 이 방에서 주 7일 10시간씩 일해서 7년 동안 25,000명 정도의 손님을 받은 것 같아요. 계산해보면 백만 유로 정도 벌었을 거예요. 하지만 전부 사라졌죠. 저를 암스테르담으로 데려온 남자가 가져갔거든요. 처음엔 호텔의 일자리를 알아봐 준다고 했었죠. 그는 폭력적이었고 가족들한테 제가 어떤 일을 하는지 말해 버리겠다고 협박했어요. 그는 지금 불법거래로 구속되었지만 저는 이곳에 여전히 남았어요. 다른 선택의 여지가 없잖아요? 돈을 충분히 모으면 폴란드로 다시 돌아갈 거예요."

안나의 방에서 충전기에 꽂혀있는 휴대폰을 손에 들었다. 휴대폰 화면에 안나와 그녀의 포주가 메시지를 주고받은 내용이 뜬다. 안나처럼 강제로 매춘부가 된 경우도 있고 에바처럼 자신의 꿈을 이루기 위한 자금을 마련하기 위해 자발적으로 매춘부가 된 경우도 있다.

매춘과 관련된 각종 통계 물이 흥미롭다. 암스테르담에서 일하는 성노동자는 6,700명 이상으로 추정된다. 쇼윈도에서 일하는 매춘부는 2,700명 정도, 클럽은 800명, 자택 근무자는 2,000명, 사교모임에 동반하는 여성은 1,200명 정도이다. 대여할 수 있는 쇼윈도는 400개. 10시간당 150유로를 기준으로 임대한다. 손님은 18세 이상만 받고 보통 50유로부터 시작한다. 손님의 요구와 방문 시간에 따라서 가격은 올라간다. 사전에 요구 사항을 말하고 가격을 합의하는 게 중요하다. 손님이 머무는 시간은 보통 6분에서 15분 사이라고 한다.

인기 있는 매춘부는 하루(10시간 기준)에 16명 정도 받는다. 피임기구 없이 성관계를 갖는 것은 금지되어 있다. 한 명의 매춘부가 사용하는 피임기구는 1년에 2,000개 정도 된다. 대부분의 매춘부가 결혼을 했거나 장기 연애를 하고 있다. 매일 2,000명의 남자가 암스테르담 홍등가의 매춘부를 찾는다.

매춘부에 대하여 지켜야 할 십계명도 있다.

1. 비디오나 사진 촬영 금지

2. 쇼윈도를 만지거나 쇼윈도에 침 뱉지 말 것

3. 여성을 존중할 것

4. 커튼에 뚫린 구멍으로 훔쳐보지 말 것

5. 쇼윈도 앞이나 문 앞에 서있지 말 것

6. 금지사항 숙지 및 선금결제

7. 피임기구 없는 성관계 절대 금지

8. 위생엄수 (취중 금지, 청결 유지)

9. 강압적이거나 폭력이 의심되면 경찰을 부를 것

10. 폭행 금지

박물관을 나오니 거리는 어둑어둑해지고 있었다. 가로등이 하나둘씩 켜지고 한가했던 거리가 사람들로 부산해진다. 길거리로 난 창문에 아슬아슬한 비키니와 속옷을 입은 여성들이 마치 쇼윈도의 마네킹처럼 서있다. 담배를 피우거나 화장을 고치는 여인들은 액자 속의 초상화를 연상시킨다. 여자가 봐도 너무 근사하고 예쁜 언니들이 아닐 수 없다. 많은 사람들이 호기심 반 진심 반으로 언니들의 쇼를 감상하고 있다. 단체관광객들뿐 아니라 손을 맞잡은 연인, 심지어 아이를 데리고 온 부부까지 몰려들어 거리는 걷기 힘들 정도다. 다들 웃으며 신기해하고 쾌활한 분위기다.

그런데, 한순간 이들과는 다른, 뭔가 조심해 하고 멈칫거리는듯한 움직임이 내 시선을 끌었다. 20대를 갓 넘은 애송이 하나가 선글라스를 끼고 어슬렁거리고 있다. 이 밤중에, 이 비 오는 날씨에 선글라스 너머로 발그레 홍조된 볼까지. 아무리 개방적인 환경이라고 하더라도 성을 사려는 욕구는 남에게 들키고 싶지 않은가 보다. 마치 아담과 하와가 죄로 인해 벌거벗었음을 수치스럽게 여겼던 것처럼. 저 애송이 청년에게 암스테르담 홍등가의 비밀의 문은 열릴 것인가.

3 장.

자유를
자유하라

지극히 평범한 자유를 마음껏 누리며 살고 있는

세상에서 가장 멋진 생일파티에 당신을 초대합니다

국적은 네덜란드. 생일은 4월 26일. 나이 52세. 이름은 빌렘 알렉산더Willem Alexander. 일면식도 없는 이 사람의 생일파티에 가기 위해 회사에 메일을 보냈다.

"담당자분에게, 안녕하세요. 저는 한국인 크루 이승예이고 사원번호는 KLxxxxx입니다. 4월 26일 암스테르담행 비행을 신청합니다. 빌렘 알렉산더 씨의 생일파티에 꼭 참석하고 싶어요. 담당자분께서도 참석하시죠? 꼭 부탁드립니다. 감사합니다."

"승예씨, 빌렘 알렉산더 씨의 생일파티 참석을 위한 비행 신청을 접수했습니다. 비행이 이루어지도록 최선을 다하겠습니다. 저도 물론 참석합니다!"

정확히 1월 25일 Planning&Assignment 부서 담당자와 주고받은 메일이다. 3개월이나 미리 신청한 만큼 그 생일파티에 꼭 참석하고 싶은 마음이 컸다. 비행에서 만난 어떤 사무장은 "나는 일 년 중 그날만 기다린다"라고까지 했다. 네덜란드 사람이라면 모두들 그의 생일

날을 손꼽아 기다린다고 하니 빌렘 알렉산더, 당신은 도대체 누구신 가요?

빌렘 알렉산더는 네덜란드 국왕이다. 왕실 가 사람들은 내각에 전혀 관여하지 않지만 국민의 폭넓은 지지와 사랑을 받고 있다. 다들 평범하게 직장을 다니며 살고 있다. 실제로 알렉산더 왕을 만날 수도 있겠다. 왜냐하면 그는 KLM의 단거리 노선의 부기장이기 때문이다. 왕이 상사의 눈치를 볼 것인지 상사가 왕의 눈치를 볼 것인지 궁금하다. 왕의 생일을 영어로는 킹스데이, 네덜란드어로 꼬닝스다흐 Koningsdag라고 한다. 이 날은 네덜란드 최대 국경일이자 국민적 축제를 벌이는 날이다.

킹스데이는 오렌지 물결이 네덜란드 전체를 뒤덮었다. 전신을 오렌지로 도배해도 좋다. 미리 장만해둔 오렌지 브이넥 스웨터를 입고 오렌지 세상에 흘러들었다. 암스테르담은 좁았고, 오렌지색으로 출렁댔다. 온통 오렌지색 물결에 정신이 몽롱해질 때쯤, 어디선가 느끼한 목소리가 들려온다. "오늘은 내 속옷도 오렌지색이지. It's gonna be great babies."라며 우리에게 윙크 한방을 날린다. 머리 희끗한 50대 사무장 클라스 히벌다, 부업으로 디제이 일을 한다. 이전에 클라스 이야기가 나왔을 때, 아줌마 크루들은 깔깔거리면서 예쁜 남자 클라스에게 안부 전해달라는 말을 잊지 않았다.

3주 전 비행에서 클라스와 조우했다. 그가 즉석에서 킹스데이에 나와 동기 언니를 자기 보트로 초대했고 우리는 그것을 받아들였다. 육지에게 잠시 안녕을 고하며 운하 위의 클라스 선장의 보트 안으로 첫 발을 내디뎠다. 배의 앞머리에 몸을 기대고 앉자 강바람이 얼굴을 스친다. 들뜬 마음을 부여잡고 출렁이는 강물에 서서히 몸을 맡겼다. 뭍과 멀어질수록 암스테르담 운하의 낭만이 짙게 피어오른다. 선상에서 마시는 맥주는 메마른 목을 촉촉하게 적셔준다. 신나는 리듬에 나도 모르게 살짝살짝 웨이브를 탔다. 이윽고 터널을 지나자 환호가 터져 나왔다. 축제와 관계없는 배와 마주칠 때도, 둥둥 떠다니는 오리만 만나도, 기분 좋은 함성이 들려왔다.

드디어 클라스 선장의 연주가 시작되었다. 50대의 디제이인지라 혹여 흘러간 옛 음악에만 머무르지 않을까 걱정했는데 기우였다. 볼륨과 키를 컨트롤하며 턴테이블을 현란하게 돌리는 클라스! 디제이 사무장, 저 멋진 분이 나의 상사이시다! 출발한 지 한 시간 반 정도가 지났을까? 어느새 운하 가득히 보트 행렬이 끝없이 펼쳐졌다. 누가 뿌렸는지 하늘에는 함박눈처럼 오렌지색 색종이가 날린다. 너 나 할 것 없이 그 아래에서 술을 마시며 춤을 추고 노래 부르고 서로를 껴안고 축제를 즐겼다.

현란한 춤을 추는 데이빗에게서 시선을 뗄 수 없었다. 춤의 신이 그와 함께 하고 있는 것 같다. 옆에서 살짝 장단을 맞춰주는 친구들이 한두 명 있었지만, 데이빗은 주위를 전혀 의식하지 않고 자기의 춤에 빠져 있다. 몸치만 아니었다면 나도 저 데이빗의 춤의 세계에 함께 하고 싶다. 하지만, 괜찮다. 데이빗의 춤을 바라보기만 해도 됐고 다른 친구와 유머로 웃어댔고 네덜란드인과는 내가 경험한 네덜란드에 대해서 얘기했다. 전혀 진지하지 않았지만, 전혀 불편하지 않았다. 언어의 장벽도 가볍게 뛰어넘었다. 각자의 방식대로 파티를 즐겼다. 운하 위에서 쏜살같이 흘러버린 시간들. 4시간을 보트에서 보내고 내려왔다.

네덜란드인은 전형적인 호모 루덴스Homo Ludens다. '놀이의 달인'이란 뜻의 호모 루덴스를 최초로 개념화한 요한 하위징아Johan Huizinga 역시 네덜란드인이다. 그는 인간의 유희적 본성이 문화적으로 표현된 것이 축제라고 했다.

암스테르담은 일상으로 되돌아올 것이다. 하지만, 일상으로 돌아온 이들은 다시 내년의 '킹스데이'를 기다릴 것이다. 호텔에 도착하니 클라스 사무장의 쪽지가 도착해있다.

"둘을 볼 수 있어서 너무 행복했어. 너희가 좋은 시간을 보낸 건 더 행복했고. 인생에서 어떤 건 꼭 일어나야만 하지. 오예! 너희들은 그 보트에 타도록 예정되어 있었던 거야. 내년 킹스데이 때 꼭 돌아와야 해. 아니면 조만간 다시 내 보트에 타러 와. 모든 기쁨과 웃음에 고마움을 전하며……"

네덜란드의 산타

"위대한 자는 하루 한 번 이상 어린아이가 된다"

_ 윌리암 워즈워드

12월 6일, 나를 즐겁게 깨우는 탓에 반쯤 뜬 눈을 하고 보니 초콜릿 한 상자가 내 앞에 놓여있다. 50대의 부사무장 안나마리의 귀여운 서프라이즈였다. 고맙다고 했더니 안나마리는 "내가 아니고 신타한테 해야지!"라고 말한다. 창밖의 아침노을을 바라보며 초콜릿을 음미해본다. 나이가 들수록 시간이 빨라지는 이유는 기억에 담아 둘만큼 흥미로운 일이 점점 없어지기 때문이라는데, 암스테르담으로 가는 기내에서 달콤했던 추억들을 떠올렸다.

우리에게 산타클로스가 있다면 네덜란드에는 신타클라스Sinterklaas 가 있다. 신타클라스는 성 니콜라스Saint Nicholas라는 수도사의 이름에서 유래했다. 실제로 그는 가난한 사람들과 어린이들을 위해 굴뚝에 몰래 금화를 넣어주곤 했다고 한다. 네덜란드, 벨기에, 룩셈부르크에서는 그의 기일인 12월 6일을 신타클라스데이로 기념하고 있다. 우리가 알고 있는 크리스마스는 미국 뉴욕에 정착한 네덜란드인들의 전통 축제인 신타클라스데이에서 시작되었다. 신타클라스가 산타클로스의 원조 격인 것이다.

원조격 산타를 만나러 암스테르담 시내로 나왔다. 동네 아이들과 부모들이 모두 암스텔강 주변으로 모인 것 같았다. 군중들 사이로 분장을 한 아이들이 보이고 외발자전거와 저글링이 지나간다. 묘기를 부리는 까만 피트 들 뒤로 증기선이 등장하자 강 위를 가로지르는 많은 개폐교들이 올라갔다. '신타클라스다!' 환호성과 양손을 높이 흔드는 사람들, 드디어 갑판 위로 장밋빛 뺨과 통통한 몸의 신타가 보인다. 무엇엔가 홀린 듯 모두가 배를 따라 움직이기 시작했다.

신타클라스를 담광장Dam Square에 설치된 무대 위에서 다시 만날 수 있었다. 그의 등장은 전국적인 스포트라이트를 받아 방송에도 실시간으로 중계된다. 피트들은 쿠키와 사탕이 담긴 가방을 들고 다니면서 뿌린다. 이때 던지는 것은 네덜란드의 전통 쿠키인 크라우드노튼Kruidnoten과 페퍼노튼Pepernoten이다. 크라우드노튼은 바삭바삭한 작고 둥그런 계피 맛 나는 쿠키이고 페퍼노튼은 비슷하지만 모양이 제

각각이고 쫀득쫀득하다. 고사리 같은 손을 뻗으며 아이들이 '피트'를 무한 반복으로 외친다. 피트가 다가와 과자를 입에 넣어준다. 과자 가루가 옷에 떨어져도 아이들은 마냥 즐거운가 보다. 나도 양팔을 뻗어 본다. 피트가 다가와 "아~" 입을 벌리라고 시늉을 한 뒤 내 손이 아닌 내 입에 과자를 잔뜩 털어 넣어주었다. 쑥스러워 하고 있는데 주변을 보니 다른 어른들도 나와 똑같이 당하고 있다.

신타클라스가 마이크를 들었다. 네덜란드 말이어서 도저히 알아들을 수가 없었다. 궁금해서 옆에 있는 아저씨에게 물어봤더니 신타클라스가 아이들에게 무슨 선물을 받고 싶은지 묻고 있다는 것이다. 아이들이 원하는 선물이 무엇인지 파악하고 준비해야 하는 부모들을 위해 작은 힌트를 얻도록 도와주는 것이다. 부모들은 이를 잘 듣고 기억하고 있다가 선물을 준비한다고 한다.

어느 한 수도사의 작은 선행이 신타클라스를 탄생시켰고, 신타클라스는 산타클로스가 되어 오늘날 온 세상 어린이들의 마음을 설레게 한다. 그리고 어른에게도 불현듯 돌아가고픈 동심의 세계를 불러일

으킨다. 그러고 보니 귀여운 서프라이즈를 즐기는 50대의 안나마리는 나이를 거꾸로 먹고 있다. "승예, 신타가 다녀갔어!" 그녀의 목소리가 귓가를 맴돈다.

인생은 사랑

"우리가 삶을 사랑하면 삶 역시 우리에게 사랑을 돌려준다. 사랑하면 비로소 다가오는 것들이 있다." _ 류시화

1942년의 어느 여름날, 줄기차게 쏟아지는 장대비를 맞으며 한 가족이 걷고 있다. 온 가족이 마치 북극 탐험이라도 떠나는 것처럼 잔뜩 옷을 껴입었다. 그것은 될 수 있는 대로 많은 옷을 가져가기 위한 방편이었다. 그들은 암스테르담의 메르베데 광장을 지나 붉은 지붕의 벽돌집으로 들어간다. 안네 프랑크와 그의 가족의 피신 생활이 이곳에서 시작되었다.

햇살이 밝고 따뜻한 4월의 어느 날 안네가 걸었던 길을 나도 걸었다. 눈에 띌 만큼 특별한 건 없었다. 앞에 운하가 있고 물이 흐르는 평범한 4층 건물이었다. 입장할 때 표를 확인하고 짐 검사를 한다. 이 공간으로 들어가고 나가기 위해 또 살아가기 위해 삼엄한 시간을 보냈을 안네와 그 일행들을 떠올리는 듯 다들 아무 말 없이 검색대를 지난다. 안네의 집 안으로 들어가는 순간부터 불현듯 안네가 살던 시대로 거슬러 올라가는 느낌이 들었다.

이 은신처는 당시 안네의 아버지가 경영하던 식품회사의 일부를 개조한 것인데, 안네의 아버지는 메르베데의 집을 떠나기 몇 달 전부터 건물 내부 공사를 시작했다고 한다. 나치의 움직임이 심상치 않다는 것을 눈치챈 아버지는 위급한 순간 가족이 숨어서 살 수 있도록 내부 공간을 재배치한 것이다.

안네의 집은 예상한 것보다 비교적 넓었다. 초입은 전시관으로 꾸며져 있다. 전시관은 1940년 5월 독일이 네덜란드를 점령한 때로부터 1942년 7월 9일 안네 가족이 은신처로 이동할 때까지 나치가 유대인에 가한 갖가지 강압적 행정명령-모든 교통수단 이용금지, 모든 문화생활 금지, 저녁 8시부터 새벽 6시까지 외출금지, 오후 3시에서 5시 이외에 쇼핑 금지-등을 요약 설명한 안내판, 안네와 관련된 각종 사진들, 안네와 학교 친구들이 나오는 짧은 영상물들로 채워져 있었다.

입장객이 많다 보니 일렬로 천천히 이동하며 엄숙한 분위기 속에서 관람이 이루어졌다. 내 앞에 거동이 불편해 보이는 한 할아버지는 관람 내내 속에서 뭔가 끓어오르는 것을 자제하기 어려운 듯 숨을 몰아쉬곤 했다. 그때 그 은신처의 사람들처럼 모두가 쥐 죽은 듯 고요하다.

절대로 바깥출입을 할 수 없다는 것은 정말 답답한 일이었겠지. 발각되어 총살당한다면? 상상만 해도 무섭고 소름 끼쳤을 것이다. 그런 두려운 생각에 닿았는지 어떤 아주머니가 정적을 깨며 흐느꼈다. 아무리 정신을 올곧게 하고 긍정적 마음을 유지한다고 해도 긴장과 불안이 연속되는 상황을 하루하루 견디어낸다는 것은 너무 힘든 일이었을 것이다.

전시관을 지나면 안네 가족이 생활했던 진짜 은신처가 나온다. 안네의 방은 15세를 전후한 또래 소녀들의 방과 다르지 않았다. 벽면에 붙어있는 그림엽서와 영화배우 사진 등이 그랬고, 그래서인지 은신처에서 가장 밝고 활기가 도는 것 같다. 안네가 이곳에서 일기를 쓰고 독서를 하고 꿈을 꾸고 기도하는 모습을 상상해본다. 따뜻한 사랑이 안네와 안네의 삶을 감싸고 있는듯한 느낌을 받았다.

안네가 얼마나 자랐는지 때마다 표시를 새겨 넣은 문설주도 보인다. 안네의 손때가 묻어 있는 듯한 책들과 조력자 미피에게 부탁했던 쇼핑 리스트, 1942년 7월 18일의 메뉴를 적어놓은 종이, 첫사랑 페터가 16살 때 주위 사람들로부터 생일선물로 받은 보드게임기와 라이터도 있었다. 비록 은신처였지만 숨어산 사람들*은 나름대로의 행복을 찾았고, 전쟁이 끝나기만을 손꼽아 기다렸을 것이다.

나치 치하에서 유대인의 삶을 살아갔지만 안네가 기록한 그녀의 삶은 어둡지만은 않았다. 그녀는 오히려 웃음을 잃지 않고, 재치 있게 대답하고 농담을 하거나 장난을 치고 떠들어댄다. 어두워지면 촛불 켜진 집안의 아늑한 분위기를 만끽한다. 은신처에 있는 사람들과 수수께끼 놀이나 체조도 하고 영어와 불어로 이야기를 주고받는다. 별장에서 휴가를 보내고 있는 것 같다며 위로하며 멋진 은신처라고 표현한다. 암울한 상황을 받아들이는 모습이 천진한 것 같기도 하고 한편으로는 의연해 보이기도 하다.

〈안네의 일기〉 속에 꽤 많은 부분이 페터와의 사랑에 대하여 얘기

---

* 안네 프랑크 가족 4명 또 가장 친한 유대인 친구인 판 단 가족 3명 (아들 페터 포함) 그리고 알베르트 뒤셀이라는 유대인 치과 의사까지 총 8명이 함께 거주.

하고 있다. 사춘기 시절의 사랑은 아마도 새로운 세계의 경험이었을 것이다. 은밀하고, 두렵지만 한편으로는 너무도 황홀하고, 열정적인 사랑이었다. 안네는 페터와의 사랑을 이렇게 고백하고 있다.

"너무나 상냥하고 따뜻한 눈으로 나를 쳐다보았기 때문에 내 몸은 달아올랐습니다. 그는 나를 기쁘게 해주고 싶어하는 마음을 품고서도 달콤한 말을 하는 게 서툴러서, 대신 눈으로 말하려 한다는 것이 느껴졌습니다. 지금도 그때의 그의 말과 나를 향한 눈빛을 생각하면 가슴속이 뜨거워집니다. (중략) 요즘 내가 살고 있는 목적은 페터를 만나는 것뿐입니다.**"

안네와 페터의 사랑은 안네가 힘든 현실을 극복할 수 있는 가장 강력한 힘이 되었을 것이다. 또한 안네와 페터의 사랑이 건강하고 성숙한 사랑으로 커갈 수 있었던 것은 먼저 부모와 가족의 사랑이 밑바탕이 되었음은 물론이다. 사랑으로 무장한 삶이었기에 안네는 그 사랑의 힘으로 그녀를 둘러싼 모든 힘든 상황을 이겨내지 않았을까. 나치조차도 더 이상 두렵지 않았을 것이다. 무엇보다 사랑은 모든

** 〈안네의 일기〉, 문학사상사, 일부 윤문

것을 참아내고 용서하니까.

안네의 삶의 흔적들을 돌아보면서, '나는 생각한다. 고로 나는 존재
한다.'는 이 명제를 '나는 사랑한다. 고로 나는 존재한다.'로 바꾸고
싶다. 사랑 없는 세상을 상상할 수 있을까. 험악한 세상이라고 하지
만 '사랑'이라는 절대 선이 우리 마음속에 다소간 작동하기에 세상
이 유지되고 있는 것이다. 사랑하면 모든 것이 새롭다. 사랑은 우리
의 마음을 소망으로 가득 채우고 아름다운 것을 꿈꾸게 한다. 사도
바울은 말한다. "사랑은 자기의 유익을 구하지 아니하며…… 악한
것을 생각하지 아니하며……" 안네의 사랑은 나아가 인류를 향한 헌
신에까지 이른다.

"만일 하느님의 은총으로 살아남는 일이 허락된다면 나는…… 변변
치 못한 인간으로 일생을 마치지는 않겠습니다. 꼭 세상을 위해 인
류를 위해 일하겠습니다.***"

***〈안네의 일기〉, 문학사상사

나를 기쁘게 해주고 싶어하는 마음을 품고서도

자유를 자유하라

처음 암스테르담 시내에 도착했을 때 뭔가 시큼한 듯한 냄새가 났다. 태어나서 처음 맡아보는 냄새였다. 이게 뭔가 했더니 바로 마리화나 냄새라고 동기들이 알려주었다. 어딜 가든 이 냄새가 진동해서 머리가 어지러울 지경이었다. 지금은 마리화나 냄새를 맡으면 '암스테르담에 왔구나'라고 할 정도로 익숙해졌다. 마약류가 금지되어 있는 우리나라에서는 평생 맡아보기 힘든 냄새다. 선입견이겠지만, 암스테르담 길거리에서 담배 피우는 사람을 보면 모두 마리화나를 피우는 것 같아 정상적인 사람처럼 보이지 않았다.

특이한 것은 마약을 구할 수 있는 곳을 이곳에서는 커피숍이라고 부른다.* 이러한 커피숍은 상호에도 반드시 'Coffee shop'이라는 단어와 함께 마리화나 잎사귀가 그려져 있다. 그 이외의 커피와 차 등을 마시는 장소는 우리나라의 일반적인 카페와 같이 다양한 상호로 영업 활동을 하고 있다.

호기심으로 가득 차서 네덜란드인 친구와 함께 커피숍을 방문했다. 들어설 때부터 왠지 눈치가 보인다. 친구가 천연덕스레 마리화나에

---

* 일부러 지칭한 것이 아니고 원래 커피를 팔던 곳에서 마약을 판매하게 된 것이 지금까지 유지된 것이다.

불을 지핀다. 한국에서는 쇠고랑을 철컹 찼을 텐데. 그럼 나는 범죄를 방조한 마약 공범 이 모씨가 되는 건가?

네덜란드에서는 집집마다 엄마 아빠 할머니 온 가족이 둘러앉아 다정하게 마약을 하는지 물어봤다. 과장 섞인 나의 질문에, 친구는 그럴 정도는 아니라며 손사래를 친다. 네덜란드가 마약에 대해서는 분명 가장 관대한 나라지만 오해는 하지 말란다.

"합법적으로 살 수 있는 것은 말하자면 소프트 드럭, 즉 순한 마약이야. 이것을 합법화한 것은 의학적인 견해에 근거한 것인데, 의학적으로 볼 때 마리화나 같은 소프트 드럭은 알코올 음료보다 유해성이 약하다고 해. 실제로 네덜란드에 마약 중독자들은 별로 없고, 대부분 나이 많은 아저씨들이나 몇몇 흡연자들이 즐기는 정도의 수준이지. 오히려 마약으로 인한 범죄자들은 외국인이 대부분이야."

네덜란드 사람들은 때가 되면 대부분 자연스럽게 이것을 끊는다는 것이다. 슬며시 주위를 둘러보니 친구의 말을 증명이라도 하는 듯,

인종이 다른 여행객, 외국인 그리고 은퇴했음 직한 노인들이 유독 눈에 많이 띈다.

마약을 합법화하면 너나없이 다 할 것 같은데 실상은 그렇지 않은 것이다. 마약(엄밀히 말해서 순한 마약)을 자유화하자 오히려 흡연율이 낮아졌다. 네덜란드 사람들에게 많은 자유가 허용됐지만, 그들은 자유를 남용하지 않고 소중히 다루었다. 그리고 그 결과, 지극히 평범한 자유를 마음껏 누리며 살고 있는 것 같다. 나는 이 '평범함'을 '아주 상식적이고 인간적인 것'이라고 말하고 싶다. 그것은 아마, 인간을 유해하게 하는 것으로부터의 자유를 자유 할 수 있기에 오는 평범함일 것이다.

아주 상식적이면서도 인간적인 것

진주 귀고리를 한 소녀

붉디붉은 핏물 한 방울이 진하게 배어 나온다. 베르메르가 정성을 다해 소녀의 한쪽 귀를 뚫고, 소녀를 의자에 앉히고 그림을 그린다. 먼 곳을 바라보는 듯한 소녀의 눈빛, 그리고 다물 듯 벌어진 입술, 숨소리, 그리고 표정. 영화 〈진주 귀고리를 한 소녀〉를 보며 나는 소녀를 안타까워하는 마음이 되어 초조해하고 안절부절 못했다.

영화는 명화 〈진주 귀고리를 한 소녀The Girl with a Pearl Earring〉가 탄생하게 된 배경을 스토리로 하고 있다. 이야기는 간단하다. 우리가 흔히 말하는 '삼각관계' 속에서 이야기를 풀어내고 있다. 주요 등장인물은 화가 베르메르와 아내, 그리고 하녀. 하녀는 화가의 방을 청소하고 그의 물감을 섞어주다가 급기야 그의 모델이 된다. 그리고 베르메르는 그의 모델을 통하여 〈진주 귀고리를 한 소녀〉를 탄생시킨다. 장모와 아내의 서슬 퍼런 시선 때문에 화가와 모델이 뭐 하나 제대로 교감하기 힘든 상황이었다. 삼각관계라고 해서 베르메르가 아내를 제쳐놓고 하녀를 사랑했다는 말은 아니다. 영화 어디에도 불륜의 현장은 없다. 베르메르는 질투하는 아내를 여전히 사랑했다. 물론, 보는 사람에 따라 다르게 생각할 수 있겠지만, 나는 영화 속에서 베르메르의 순수한 예술혼을 믿고 싶다.

대학시절, 스칼렛 요한슨에 한참 빠져있었던 나는 그 시절 그녀가 출연한 영화는 전부 섭렵했다. 그림은 익히 알고 있었지만, 스칼렛 요한슨이 연기한 동명의 영화를 본 후, 〈진주 귀고리를 한 소녀〉는 내 마음속 한 귀퉁이에 남아있었다. 베르메르의 〈진주 귀고리를 한 소녀〉가 살고 있는 마우리츠하위스Mauritshuis, The Royal Piacture Gallery 는 헤이그 센트럴역에서 도보로 10분 정도 거리에 있다. 건물이 크지는 않지만 정갈한 고전미를 지닌 미술관이었다. 안으로 들어서자 전시실 이외에 계단이나 통로에도 많은 작품들이 걸려있어 마치 그림을 광적으로 수집하는 부유한 미술상의 저택 같았다. 가장 먼저 찾아간 곳은 단연 고대하던 〈진주 귀고리를 한 소녀〉가 있는 전시실이었다. 수많은 사람들이 찾아오는 그 자리에서 난 한 시간가량 그림 앞을 떠나지 못했다.

모나리자는 '신비의 미소'로 유명하다. 진주 귀고리를 한 소녀에게도 미소가 있다. 짙은 검은색 바탕에 밝게 도드라진 소녀의 초상이 비

현실적으로 보이지만, 소녀의 얼굴에 감추어진 미소가 그림을 살려내고 있다.

놓칠뻔한 것이 있었다. 눈썹이었다. 소녀의 얼굴을 자세히 보니 눈썹이 안 보인다. 생각해 보니, 모나리자도 눈썹이 없었던 것 같다. 소녀의 얼굴에 눈썹을 그려본다. 단번에 신비한 이미지가 사라지고 현실에서 흔히 볼 수 있는 평범한 소녀가 나타났다.

아무래도 '진주 귀고리'를 그냥 지나칠 수 없다. '왜 화가는 소녀의 이름을 밝히지 않았을까?'하는 뜬금없는 생각을 하면서 소녀의 초상을 다시 살펴본다. 하녀 복장에 진주 귀고리? 여기에 베르메르의 비밀이 숨겨져 있을 것 같다. 그는 차마 이름을 밝힐 수 없는 소녀를 오직 자신의 마음속에 영원히 간직하고 싶어 했다. 그 순정의 마음을 베르메르는 진주 귀고리로 표현한 것이라는 생각이 섬광처럼 스쳤다. 영화 속의 붉디붉은 핏방울이 나의 동공을 자꾸 자극한다. 그것은 어느새 진주 귀고리가 되어 어둠 속에서 빛을 발하고 있다.

229

야경

오후 늦게 방문해서 그런지 몇 작품 보지도 못했는데 폐장을 알리는 안내 방송이 나왔다. '아직 〈야경Nightwatch〉을 보지 못했는데 어찌지…… 〈야경〉을 꼭 보아야 하는데.' 사람들이 떠난 텅 빈 미술관. 나 혼자 남았다. 아니, 정확하게는 나와 미술관 직원 두 사람이었다. 저 멀찍이에서 나를 바라보는 듯한 나이 지긋해 보이는 직원 아저씨에게 다가갔다. "렘브란트의 〈야경〉이 어디 있나요?" 아저씨가 자기를 따라오란다. 아저씨가 앞장서고 그 뒤를 따라갔다. 복도 벽면을 따라 한참 가던 그가 갑자기 멈춰 서더니 아무 말도 없이 두 손으로 측면에 있는 홀 입구를 가리킨다. 윙크를 찡긋 날리며.. 몇 걸음 더 나아가 홀에 들어섰는데 정면을 가득 채우고 있는 커다란 그림이 보였다. 〈야경〉이었다.

〈야경〉은 스페인으로부터 독립하기 위해 끊임없이 투쟁한 네덜란드 민병대의 모습을 그린 것이다. 온몸이 애국심으로 철철 넘치는 군인들이 어둠을 뚫고 그림 밖으로 걸어 나오는 것 같다. 색감이나 조명, 인물들의 표정이나 동작이 살아있다. 그림의 웅장한 기운이 홀을 가득 채우는 듯하다.

원래 제목은 〈프란스 반닝 코크 대장의 부대The Militia Company of Captain Frans Banning Cocq〉이다. 원래 배경은 낮이었지만 보존을 위해 덧칠한 유약이 검게 변하며 엉뚱하게 밤 풍경으로 변했다. 그래서 지금은 아예 〈야경〉으로 불리고 있다. 화가의 의도는 아니었겠지만, 그림의 전체적 구도는 민병대가 어둠에서 빛으로 나오는 듯한 구도다.

총과 창으로 무장한 군인들 속에서 어떤 이는 북을 치고, 어떤 이는 깃발을 휘날리고 있으며, 맨 앞에는 민병대의 대장인 반닝 코크가 부관에게 뭔가 열심히 지시하고 있다. 반닝 코크 대장 양옆으로 유달리 빛을 발하는 두 인물이 있다. 하나는 수호천사 같은 소녀이고 다른 하나는 대장의 명령을 흔들림 없이 수행할 것 같은 든든한 부관이다. 이 둘이 민병대의 승리의 메신저인 것 같다. 네덜란드가 80년간의 전쟁 끝에 스페인으로부터 완전히 독립한 것은 1648년. 이 그림은 1642년에 그린 것으로 독립하기 6년 전이었다.

감정을 아무리 정련된 형태로 다듬어봐도 말과 글로써 표현하기에는 버거운 순간들이 찾아왔을 때 그림은 그 감정을 표현하는데 큰 도움을 줄 수 있는 선물인 것 같다. 렘브란트의 대표작 〈야경〉을 보며 그림이 가지고 있는 힘이 생각보다 크다는 느낌을 지울 수 없다. 그림을 찾아 떠나는 여행의 기쁨은 위대한 화가가 남긴 최고의 걸작을 직접 만날 수 있다는 데 있다. 미술작품은 사람과 같이 물리적 실체를 지니고 있기 때문에 감상자는 동일한 시공간에서 작품을 마주하게 되는 것이다. 그것은 시각적 경험을 넘어 과거의 미술가와 지금의 나를 이어주는 통로가 되기도 한다.

"수 세기 전에 없어진 하나의 행성에서부터 발산한 빛이 현재의 지구까지 도달해 우리가 볼 수 있는 것처럼 렘브란트, 혹은 베르메르라는 이름의 행성에서 나온 빛은 그 근원이 사라진 후에도 여전히 우리들을 감싸고 있다."_ 프루스트, 〈잃어버린 시간을 찾아서〉

렘브란트라는 행성에서 나온 빛이 은근하고 강하게 전시관의 공간을 가득 채우고 있다. 그 빛에 휩싸인 나의 몸과 영혼이 렘브란트의 붓끝으로 창조된 인물들과 함께 이제 막 승리의 개가를 부르며 빛 가운데로 쏟아져 나오려고 한다.

빛은 그 근원이 사라진 후에도 여전히 우리들을 감싸고

창문

눈이 마주쳤다. 또 눈이 마주친다. 이번에는 미소까지 내보인다. 하는 수 없이 나도 미소를 보낸다. 처음 보는 낯선 사람. 그 사람의 거실까지 눈에 들어온다. 네덜란드에서는 온 집안이 다 들여다 보이는 큰 창문에 커튼을 잘 치지 않는다. 우리의 정서로는 커튼으로 창문을 가려야 하는데 말이다. 네덜란드 사람들은 설사 누군가 집안을 들여다봐도 크게 신경 쓰지 않는다. 커튼을 다는 대신 유리창을 열심히 닦는다.

이들이 창문에 커튼을 치지 않는 데는 그만한 이유가 있다. 우선 흐리고 비 오는 날이 워낙 많다 보니 실내에 조금이라도 더 많이 햇볕을 들이기 위해서이다. 또한 청결과 청렴을 강조하는 칼뱅주의의 전통이 뿌리 깊이 박혀 있어 남에게 숨길 것 없는 삶을 살고자 하는 것이다.

맑고 투명한 큰 창 안에서 저녁을 먹고, 소파에 앉아 TV를 보는 가족들. 손주에게 책을 읽어주는 할머니도 보인다. 네덜란드 풍경만큼이나 아름다움을 목격한다.

농부의 음식

"어디서 먹을 수 있어요? 네덜란드 음식은 이름부터 너무 생소한걸요. 네덜란드 음식을 파는 음식점은 못 본 것 같은데……"
"네덜란드 음식은 만들기가 너무 쉽고 저렴해. 그래서 굳이 레스토랑에 가서 먹을 필요가 없어. 감자랑 야채만 삶으면 되는걸. 음식의 맛도 대부분 다 비슷하지. 네덜란드 음식을 파는 레스토랑이 적을 수밖에 없어. 있다면 관광객 손님이 전부겠지."

오늘의 기내 수다 주제는 네덜란드 음식이다. 더치 크루는 뭘 먹는지 힐끔 살펴보면 승무원용 기내식이 별도로 탑재되는데도 불구하고 대부분 도시락을 싸 가지고 온다. 그렇다고 그 도시락에 특별한 내용이 있는 것도 아니다. 치즈가 들어간 샌드위치, 요플레, 과일 등으로 대충 시장기만 달래는 정도로 빈약하다. 부자 나라임에도 간단하고 소박한 네덜란드인들의 식생활은 의외여서 내 질문은 꼬리의 꼬리를 물었다. "더치들은 삼시 세끼를 어떻게 먹어요?"

대체로 아침은 요플레, 과일 그리고 빵에 잼을 발라 먹고 점심도 샌드위치 등으로 간단하게 해결한단다. 다행히 저녁 식사만큼은 좀 더 신경을 써서, 감자와 수프를 기본으로 하되 고기나 생선, 삶은 야채 등을 곁들여 먹는다고 한다. 하지만 그것도 오후 5시 정도 이른 시간에 시작해 30분 정도면 끝! 그것마저도 요즈음은 대부분 가공식품을 사용해 식사 준비 시간을 단축하는 경향이 있단다.

"네덜란드 음식에서 가장 좋은 점은 바로 음식이 사라지고 있다는 거야."라는 부기장 에르윈의 말은 황당하기 짝이 없었지만 그 정도로 네덜란드 하면 떠오르는 음식도 없고 유명하지도 않다는 의미일 것이다. 그렇지만, 그는 자국의 음식을 사랑하고 있었다. "네덜란드 음식은 농부의 음식이야. 발달하지 못했고 저렴하지. 대신 농장에서 가꾼 것들이라 영양이 풍부하고, 춥고 습기가 많은 겨울철에 몸을 따뜻하고 든든하게 해주는 음식이야." 나는 에르윈과 대화를 계속 이어갔다.

"맛있는 음식을 먹고 싶은 갈망이 혹시 없을까요?"
"더치들은 자기들 음식이 맛있다고 생각해."
"식사가 빠르고 단순하고 실용적인 것 같아요."

"더치들이랑 똑같지 않아? 그게 더치들을 수식하는 표현들이잖아. 하하하"

더치들은 아무도 네덜란드 음식을 파는 레스토랑에 관심이 없고 그래서 추천해 줄 수도 없었기에 암스테르담에 오랫동안 살고 있는 한국인 친구에게 물어봤다. 레스토랑 한곳을 추천해 주었는데, 네덜란드 할머니 집에 놀러 간 셈 치면 될 거라고 한다. 한국인 동료들과 함께 헤스예 클래스Haesje Claes라는 레스토랑을 방문했다. 나무로 된 벽면과 은은한 조명, 고풍스러운 식탁과 의자가 있고 천장에는 샹들리에가 매달려 있다.

메뉴판을 볼 필요도 없이 더치 크루들에게 알아낸 메뉴 세 가지를 들이밀었다. 첫 번째로 나온 음식은 스탬폿Stamppot. 더치들이 기대를 꺾어놓은 탓에 아무 생각 없이 음식을 맞이하는데 비주얼이 꽤 근사하다. 감자, 당근, 양파와 같은 야채 등을 삶아 으깬 요리에 훈제 소시지와 베이컨 그리고 미트볼이 얹혀있다. 보기만 해도 어떤 재료를 어떻게 요리했는지 알겠는데 맛이 훌륭하다. 재료 본연의 맛이 살아

있고 재료의 질감이 전부 잘 느껴진다. 기대치를 훌쩍 뛰어넘은 맛에 우리는 서로 눈을 마주치며 감탄사를 내뱉었다.

두 번째 음식으로 나온 에르텐수프Erwtensoep는 특이하게 초록색을 띤다. 콩, 감자, 양파 등으로 끓인 걸쭉한 수프. 끓이고 난 후 젓던 스푼을 놓았을 때 스푼이 직각으로 서면 비로소 완성이라고 한다. 그만큼 걸쭉하고 맛은 순하고 고소하다. 더치들의 겨울나기 죽이라는데 춥고 습기가 많은 네덜란드의 겨울철에 안성맞춤일 것 같다. 우리 입맛에도 잘 맞는다.

포만감이 느껴지려고 하는 순간 세 번째 메뉴인 드라제스블레스Draadjesvlees가 나왔다. 얼핏 보기에는 우리나라 장조림과 비슷해 보인다. 버터와 양파에 구운 소고기를 몇 시간 동안 와인에 푹 삶아 붉은 양배추와 감자를 곁들였다. 진한 와인을 충분히 흡수한 고기는 적당히 쫀득하면서도 부드럽다. 입에 넣고 굴리면 굴릴수록 행복감에 기분이 노곤노곤해진다.

네덜란드 음식은 한마디로 진수성찬은 아니다. 일부러라도 찾아가서 반드시 먹어야 하는 음식도 아니지만, 이 나라에 맞게 몸에 좋고 든든한 것들이다. 어쨌든 우리 모두는 네덜란드 음식은 이 나라에 최적화된 신토불이 음식이라고 결론지었다. 그러고 보니, 지금 나는 한국인 동료들과 함께 호텔 크루 라운지에 모여 한국에서 가져온 라면 그리고 인스턴트 미역국과 강된장 비빔밥으로 우리만의 더 없는 성찬을 즐기고 있다.

고흐와 나

그가 이 그림을 그리는 동안 바람에 날린 모래가 아직 마르지 않은 캔버스에 묻어 지금도 모래가 박혀있다. 고흐의 〈폭풍이 몰아치는 스헤베닝겐 해안Beach at Scheveningen in Stormy Weather, 1882〉을 보고 그 길로 바로 헤이그의 앞 바다 스헤베닝겐Scheveningen으로 떠났다. 그림에서처럼 사나운 파도가 몰아치지는 않았지만 거칠 것 없이 거센 북해의 칼바람이 분다.

1882년 어느 폭풍우가 휘몰아치던 날, 고흐는 그 광경을 보기 위해 스헤베닝겐을 찾는다. 해변에는 드문드문 사람들이 있고 바다에는 배가 있다. 고흐는 바람이 불어 똑바로 서 있기도 힘들고 모래가 날려 앞을 잘 볼 수 없을 지경이었지만 그림을 그렸다.

1881년에서 1883년 사이 그는 스헤베닝겐에 나가 자주 그림을 그렸다. 이 시기 고흐는 시엔이라는 한 매춘부를 만났다. 길거리를 헤매던 그녀는 임신 중이었고 다섯 살 난 딸이 있었다. 도무지 사랑의 감정을 불러내지 못할 것 같은 여자를 고흐는 진심으로 사랑했다. 그에게 사랑은 조건이라기보다는 감정이었을 것이다. 어쩌면 다른 사람들처럼 평범하고 안정적인 사랑을 꿈꿨을지도. 하지만 가족은 격렬하게 반대했고, 고흐는 경제적으로 무능력했으며, 시엔은 매춘을 위해 또다시 거리로 나갔다.

고흐와 함께 했던 그 바다를 본다. 파도에 자연스레 눈이 가고 그렇게 보는 것만으로 위안이 된다. 작고 큰 물결들. 힘껏 올라왔다가 잘게 부서지는 파도들. 자연에는 멈춰있는 건 아무것도 없다는 생각이 든다. 솟구치고 부서지고 사라지기를 반복하는 파도를 보며 고흐도 이곳에서 충분히 공감했을 것 같은 글귀가 떠올랐다. 'Life is a beach. Enjoy the waves.'

"열심히 노력하다가 갑자기 나태해지고 잘 참다가 조급해지고 희망에 부풀어 올랐다가 절망에 빠지는 일을 또다시 반복하고 있다. 그래도 계속해서 노력하면 수채화를 더 잘 이해할 수 있겠지. 그게 쉬운 일이었다면 그 속에서 아무런 즐거움도 얻을 수 없었을 것이다. 그러니 계속해서 그림을 그려야겠다."
_ 고흐가 동생 테오에게 보낸 편지 중

어쩌면 파도를 바라보며 고흐는 그림과 인생에 대해 고민했을 것이다. 무기력함은, 조급함은, 희망과 절망을 넘나드는 감정은, 고흐에게 익숙한 일상이었나 보다. 나의 하루도 그리 순탄치는 않다. 하루하루 출렁이고 비틀댄다. 기대와 실망이 하루에도 몇 번씩 들락거린다. 명랑한 아침이 우울한 저녁으로 기울어지고 노력과 체념을 밥 먹듯 한다. 그러함에도 나에게 중요한 건 포기하지 않고 그저 계속 삶을 이루어내는 것이다.

쉬운 일이었다면 그 속에서 아무런 즐거움도 없었을 것이다

아름다운 것들

알록달록한 꽃 카펫이 끝을 알 수 없도록 굉활히 깔려있다. 여기저기 눈길 닿는 곳마다 화사하게 피어난 튤립들. 봄철 네덜란드의 튤립 축제는 정평이 나 있는데 암스테르담 인근 리세Lisse의 큐켄호프 Keukenhof공원은 매년 세계에서 가장 큰 꽃 축제를 개최해왔다. 10만 평의 거대한 들판에 튤립은 물론이고 히아신스, 수선화 등 7백만 송이나 되는 다양한 꽃이 만발해 장관을 이룬다.

인생에서 가장 많은 꽃을 본 날이자, 앞으로도 볼 꽃을 다 본 날이지 않을까 싶다. 꽃들의 향연으로 내 몸과 마음에 쌓였던 피로가 말갛게 씻어지듯 머리는 맑고 발걸음이 가볍다. 꽃향기를 마음껏 들이키려고 걸음을 멈추고 심호흡을 한다. 눈을 감았다. 꽃향기로 가득 채워지는 내 몸을 느꼈다.

눈을 뜨고 주위를 둘러본다. 여기저기 유난히 백발이 성성한 노인들이 눈에 많이 띈다. 휠체어를 타고 있거나 산소통을 지닌 어르신들도 있다. 어떤 할머니 두 분께서 내게 사진을 부탁해오셨다. 할머니들과 자태 고운 목련이 잘 어울린다. 사진을 몇 장 찍어드리고 매년

오시는지 여쭤보았다. 노인네들일수록 꽃을 좋아한다며 아름다운 꽃이 피는 이 시기를 놓치고 싶지 않다며 활짝 웃으셨다.

웃음 때문일까? 내 마음이 갑자기 꽃에서 노인들에게로 옮겨간다. 오랜 세월을 살아온 인생의 연륜이 추구하는 것은 무엇일까? 뜻밖에도 단순했다. 꽃을 좋아하는 마음. 꽃이 좋아서 마냥 즐거워 보이는 저 소녀 같은 할머니들이 내 마음을 훔쳤다. 아름다운 꽃처럼.

자전거에는 날개가 있다

암스테르담에서 사람들은 자전거와 너무 친하다. 이들은 자전거를 타면서 볼일도 많이 본다. 핸드폰으로 채팅 하는 건 기본. 한 손으로는 핸들을, 다른 한 손으로는 새장을 움켜쥐기도, 바퀴 달린 여행 가방을 끌기도 한다. 자전거에 달린 커다란 장바구니에 쇼핑한 물건을 가득 실은 백발의 할머니, 아이들을 앞뒤 바구니에 2명씩 4명이나 태우고 가는 엄마도 보인다. 마스카라를 칠하기도 하고 페달을 굴리면서 샌드위치를 먹거나 키스도 한다. 비나 눈이 와도 별다른 보호 장비 없이 출근이나 학교 등교, 장보기 등 모두가 자기 발처럼 자전거를 이용한다.

어렸을 때 나는 가끔 생각했다. '어떻게 두 바퀴로 저렇게 달릴 수 있지?' 두 바퀴 자전거는 항상 불안정해 보였다. 어느 날 아빠가 자전거를 사 가지고 집에 오셨다. 뛸 듯이 기뻤다. 이리 넘어지고 저리 넘어지고 무릎과 팔꿈치가 까지고 베이고 해도 꼬마였던 나는 투혼을 불살라 자전거를 열심히 탔다. 상처가 아물고 낫기 시작할 때쯤 자전거의 두 바퀴가 안정을 찾기 시작했다. 그때의 기분이란 자전거를 잘 타는 것 마냥 기고만장해 날아갈 것 같았다. 그렇게 꼬마 자전거를 마스터하고 동네를 질주하며 달렸다.

자전거 가게를 운영하던 라이트 형제는 줄곧 날개 달린 자전거를 상
상했다고 한다. 친숙하기만 하면 두 바퀴의 불안정은 사라진다. 날개
달린 새처럼 두 바퀴는 자유자재로 움직인다. 허공을 나는 새가 그
곳에서 하고 싶은 일을 다 하는 것처럼. 날개의 힘으로.

섬

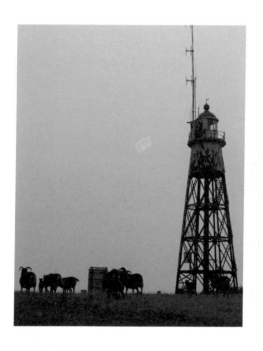

배로 암스테르담에서 한 시간을 건너야만 닿을 수 있는 섬이 있다. 뷔토른 아일랜드Vuurtoren Eiland. 이 섬은 하루에 60명만 받아준다. 그것도 딱 한 번. 레스토랑을 예약한 손님들에 한해 뱃삯 등을 포함한 패키지 요금을 지불하고 다녀올 수 있다. 게다가 두 달 전 사전 예약이 필수일 정도로 인기가 많은 곳이다. 비행 스케줄이 나오자마자, 예약 전쟁에 뛰어들었다. 치열한 경쟁을 뚫고 예약에 성공했다. 나는 짙푸른 여름빛의 낙원을 떠올려 보았다. 과연 그곳은 얼마나 대단한 아름다움을 지녔기에 사람들을 불러들이는 것일까.

배를 타고 섬에 도착했다. 강하고 거센 섬의 바람은 듬성듬성한 나무의 머리채를 매섭게 흔들어댄다. 배에서 내리니 레스토랑 하나가 떡 하니 버티고 서있다. 레스토랑밖에 보이지 않는다. 이 섬에 오기 위해 요란스럽게 예약하고 준비한 것에 비하면 실망이다. 이 작은 섬에 와서 할 일은 레스토랑에서 다섯 가지의 코스 요리를 즐기거나 섬을 산책하는 게 전부다.

'모두들 왜 이 섬에 온 거지? 아름다운 경치도 없는데……'라고 입속 말을 하며 주위를 둘러보았다. 혼자 또는 두 명씩 식사를 한다. 두 명씩 온 사람은 대부분 연인들이었다. 나 홀로 유일한 외국인이었다. 저마다 자기들만의 시간에 집중하는 듯했다.

식사를 마치고 밖으로 나와 등대로 향하는 오솔길을 걸었다. 완만한 경사로 이어지는 잔디밭 위, 검은 양 떼들이 무심하게 앞서간다. 크게 구경할 것이 없어서 그런지, 왠지 외계 행성에 불시착 한 듯한 낯선 느낌이 든다. 지구를 떠나온 것 같은 기묘한 감각이 나를 감쌌다. 이 감각이 나쁘지는 않았다.

프랑스어로 섬 'île'이라는 단어는 격리되다는 뜻의 'Isolé'에서 왔다. 나 혼자만의 시간이 필요했다. 나는 때로는 자기 안으로 숨기도 하고 때로는 수면 위로 올라와 사교적이 되기도 한다. 좋아하는 사람들과 만나 공감대가 형성되는 대화를 나누는 것도 좋아하지만 때로는 혼자만의 시간을 갖고 싶다.

"나는 혼자서 아무것도 가진 것 없이 낯선 도시에 도착하는 것을 수 없이 꿈꾸어 보았다. 그렇게 되면 무엇보다 '비밀'을 간직할 수 있을 것 같았다." _ 장 그르니에Jean Grenier

프랑스 철학자 장 그르니에는 비밀이 없이는 행복도 없다고 했다. 나만의 비밀 혹은 우리만의 비밀을 간직하고 싶어 저 사람들은 훌쩍 이 섬으로 왔겠지. 무심해 보이던 섬이 비밀의 섬으로 몸을 숨긴다.

장 그르니에는 비밀이 없는 행복은 없다고 했다

4 장.

세 번의 비쥬

두 번의 포옹

무지개를 보기 원한다면 내리는 비를 이겨내라

어떤 하루

식은땀이 등줄기를 따라 흐른다. 핸들을 쥔 두 손에도 땀이 흠뻑. 다른 자전거 무리의 흐름을 방해하면 안 되니 속력을 내느라 마음이 조급해진다. 그러나 내 뒤를 따르던 자전거들은 참을성이 없다. 초 단위로 날 추월한다. 결정적으로 길을 모르니 수시로 멈춰서 길도 찾아야 한다. 간신히 목적지에 도착했지만 봄은 이미 완전 방전. 자전거로 30분 거리의 뮤지엄 플레인Museumplein이라는데, 한 시간이 넘게 걸렸다. 체감 시간은 이보다 훨씬 길었다.

잠시 몸을 추스른 후 귀로에 올랐다. 소원은 이제 당황하지 않고 편안한 마음으로 무사히 호텔로 돌아가는 것뿐이다. 하지만 처음부터 길을 잘못 들어 도착한 곳은 호텔이 아닌 암스테르담 보스Amsterdam Bos공원이었다. 30분 동안 헛수고! 설상가상으로 급작스레 비가 내린다. 공기도 차갑다. '오라 그래! 마음껏 맞아주리! 자전거 체험을 제대로 하는구나!'

하지만 오기를 부릴 때가 아니었다. 가까이에 있는 호수가 금방이라도 불어나 덮칠 것 같았다. 두려움이 엄습했다. 이 나라가 해수면보다 낮은 땅이라는 걸 절감했다. 어느 쪽으로 가야 할지 전혀 알 수 없어 주위 사람들에게 물어보았지만, 그날따라 제대로 아는 사람이 없었다. 5km의 거리를 두 시간도 넘게 비바람 속에서 사투를 벌이다 결국 자전거를 끌고 걸어가는데 눈물이 날 지경이었다.

호텔에 도착하여 거울에 비친 내 몰골을 보니 기가 막혔다. 눈물, 콧물, 빗물에 머리는 산발…… 아주 볼썽사나운 모습의 여인이 내 앞에 서 있었다. 샤워를 마친 후 침대에 누웠다. 방금 전의 일이었는데, 오늘의 그 거칠었던 일들이 까마득한 옛일로 느껴진다. 이제 피곤한 몸을 침대 깊숙이 누이려는데, 우연히 창밖의 모습이 눈에 들어왔다.

와우, 이게 웬일! 하늘에 예쁜 무지개가 활짝 웃고 있다. 하늘은 어느새 맑게 개고 나무들은 비를 맞고 새로 태어난 것 마냥 싱싱하다. 세상이 밝아졌다. '무지개를 보기 원한다면 내리는 비를 이겨내라' 어디서 들었던 말이 문득 떠올랐다. 안 좋은 날씨는 없다.

운하

암스테르담이 바쁜 도시라고 해도 운하를 만나면 좀 더 여유로워진다. 아무리 빨리 가려고 해도 도로와 도로를 가로지르고 보도를 갈라 치는 운하를 만나면 제풀에 지쳐 잠시 돌아갈 수밖에 없기 때문이다. 그런데, 여유로워지는 데는 이보다 더 큰 이유가 있다. 운하를 바라보며 걷다 보면 주변의 풍경에 내 마음을 빼앗기기 때문이다. 잔잔히 흐르는 운하를 가운데 두고 빼곡히 들어선 작고 아기자기한 집들, 작은 다리들, 그 위를 달리는 자전거가 예쁘다.

물가에 앉았다. 보트를 타고 운하를 즐기는 사람들이 흘러간다. 보트 위에서 고깔모자를 쓰고 생일파티를 하는 사람들, 샴페인과 함께 선장 피크닉을 즐기며 태닝하는 사람들도 지나간다. 그 뒤를 아주 작은 보트가 이어가고 있다. 한 쌍의 남녀가 서로를 응시하며…… 행복은 물에서 비롯된 것일까. 저들의 행복한 일상이 물 흐르듯 나에게도 전해진다. 자리에서 일어나 다시 내 길을 간다.

저만치 한가롭게 물 위를 흐르는 보트들과 물결을 따라 흐르는 빛이 물가를 산책하는 영혼들에 닿았다가 반짝이며 흩어진다. 눈부시다.

거인 나라

화장실 세면대가 꽤 높이 달려 있다. 마트의 가장 높은 진열대도 손이 닿지 않는다. 자전거를 타면 발이 땅에 겨우 닿을까 말까. 네덜란드는 세계에서 신장이 가장 큰 사람들의 나라로 알려져 있다. 남성의 평균 신장이 무려 184cm, 여자가 172cm이다. 게다가 워낙 얼굴이 작고 다리가 길어서 더 커 보인다. 네덜란드에서 나는 난쟁이가 된 기분이다.

키가 큰 네덜란드 친구에게 키 작은 사람에 대해서 어떻게 생각하는지 물었다. "안 보여서 신경 안 써"라는 농담 섞인 대답이 돌아왔다.

키가 크던 작던 문제 될 게 없다는 소리로 들린다.

검소한 네덜란드인들은 소형 해치백*에 몸을 구겨 넣고 다니고 환경에 관계없이 꿋꿋하게 자전거를 타고 다닌다. 안 좋은 날씨 때문에 머리가 쉽게 헝클어지고 비바람이 불어 비싼 옷이나 명품은 금물이다. 키나 외모는 물론 다른 사람들에게 보이는 것에 크게 신경 쓰지 않는다.

---

* 네덜란드인들이 즐겨 타는 차 종류. 차량에서 객실과 트렁크의 구분이 없으며 트렁크에 문을 단 승용차

아브라함 링컨 대통령은 키가 193센티미터였다. 어느 날 기자가 "사람에게 어느 정도가 적당한 키라고 생각하느냐?"라고 짓궂게 묻자 링컨이 대답했다. "땅에 닿을 정도면 딱 적당하죠." 키가 큰 거인들은 생각도 거인 같다.

고흐 자화상

반 고흐 미술관 1층은 한 전시 공간이 고흐의 자화상으로 꽉 차있다. 다 다른 자화상. '무슨 자화상을 이렇게 많이 그린 거지?' 알고 보니 모델에게 지불할 돈이 없어서 자신을 모델로, 자신의 모습을 거울에 비춰 그렸다고 한다. 물론 대부분의 얼굴들이 고흐 자신이라는 것을 알 수는 있지만 같은 얼굴은 없다. 그림마다 다른 색의 눈, 수염, 표정 그리고 감정. 얼굴마다 미묘한 차이가 있다. 그 차이는 아마도 고흐 자신의 내면의 질서와 흐트러짐 간의 상호 반작용의 정도를 표현한 것이리라.

고흐의 자화상들 중에 특이한 것이 있다. 〈귀에 붕대를 감은 자화상 Self-Portrait with Bandaged Ear〉. 그림상으로는 오른쪽 귀에 붕대를 감은 것으로 되어 있다. 그러나 실제로는 왼쪽 귀를 감은 것이다. 거울에 비친 것을 그린 것이어서, 그림상으로는 고흐가 마치 오른쪽 귀를 자른 것으로 착각할 수 있다. 2층에 따로 전시된 이 자화상은 다른 것들보다 훨씬 크고 배경도 붉은색으로 되어 있어 그때의 고흐의 정신세계가 얼마나 광기로 흔들렸는지 짐작할 수 있을 것 같다. 다만 그 와중에 입에 문 파이프와 담배연기는 의외였다. 고흐의 자화상에서 파이프를 입에 문 경우는 아주 드물다. 스스로를 절제하려는 심리를 표현한 것 같다. 광기 속에서도 이성은 목소리를 내고 있었다.

고흐는 왜 이런 명예스럽지 못한 자신의 모습까지도 세상에 남겨 놓았을까? 이유는 의외로 쉽게 찾아낼 수 있었다. 동생 테오에게 보낸 편지에서 그것을 읽을 수 있다.

"아무리 힘든 일이 있어도 나는 다시 일어날 것이다. 깊은 절망 속에서 던져두었던 연필을 다시 쥐고 계속 그림을 그릴 것이다."
"나는 내 심장과 영혼을 그림에 쏟아부었고 그러면서 미쳐갔다."

그림은 고흐의 존재 이유였다. 고흐에게 그림이란 유일한 희망이며 자신을 사랑하고 보듬는 일이기 때문이었다. 삶의 빛깔이 어떠하든지 문제될 것이 없었다. 고흐의 자화상들은 결국 삶으로부터 배태된 고흐 자신의 의식의 흐름을 줄기차게 추적하고 그것을 세밀하게 이미지화 한 것이라고 할 수 있다.

그림에 대한 고흐의 열정, 그 속에 담긴 그의 순수하고도 진솔한 영
혼의 울림에 가슴이 미어진다.

물 위의 집

'이거 뭐야 그냥 집이잖아?'

많은 사람들이 운하에 보트를 띄워놓고 그 안에서 산다. 암스테르담에만 약 2,400척 정도의 하우스보트가 있다. 물이 많은 도시이다 보니 물 위에 살림집을 만들었다. 지금은 낭만적으로 보이지만 원래의 기원은 그렇게 낭만적이지 않다. 제2차 세계대전 이후 집 없는 사람들의 임시 거처로 시작된 하우스보트는 운송 용도로 사용되는 보트를 개조하여 집으로 만든 것이다. 땅은 좁고 인구는 많은 네덜란드의 지리적 환경이 그것을 낳았다.

하우스보트의 내부가 궁금한 관광객들을 위해서 박물관을 운영하고 있다. 박물관도 물 위에 떠있는 보트이다. 박물관 안으로 들어가니 생각보다 꽤 넓다. 없는 것이 없다. 싱크대, 냉장고, 소파, 식탁 등 거주에 필요한 시설들이 모두 갖춰져 있다. 구조만 봐서는 배 안에 있다는 것이 전혀 느껴지지 않는다.

창을 앞에 둔 의자에 앉아 보았다. 바로 앞으로 배가 지나가고 관광

보트를 타고 가는 사람들이 집 안을 구경하며 손을 흔든다. 창밖 풍경이 동적이다. 마치 움직이는 한 폭의 그림 같다. 하우스보트 안에는 그림을 걸어놓을 필요가 없을 것 같다.

밖으로 나오니 이제 보트를 탄 기분이다. 보트 난간에 기대어 내려다보니 물 위에 내가 떠있다. 시원한 바람도 불어오고…… 그새 건너편 땅 위의 세계가 낯설어 보인다.

결국은 해피엔딩

세계적인 오케스트라 연주자들의 입장. 청바지에 노랑, 빨강, 초록, 제각각 알록달록 캐주얼한 차림이다. 약간은 부스스하고 조금은 어수선하다. 수수하면서 편안한 모습들. 마치 내가 좋아하는 배우의 사생활을 엿보는 것 같다. 지휘자가 밝은 미소로 인사한다.

연주가 시작되자 곧 진중한 표정과 절제된 지휘로 관객의 시선을 모은다. 나도 본격적으로 연주를 감상하려고 무대를 향하여 귀와 눈을 집중하고 있는데, 갑자기 연주가 끊겼다. '이게 무슨 일인가?'했는데, '아, 참. 리허설이지!'하며 머리를 쳤다. 누군가 틀렸는지 지휘자가 연주를 멈추고, 잠시 서로 이야기를 나누며 확인하고 점검한다. 로열 콘세르트헤바우 오케스트라Royal Concertgebouw Orchestra의 리허설 연주. 상식적으로 생각하면 공연은 가장 멋진 것을 보여줘야 한다. 하나의 작품을 만들기 위해 수많은 시행착오를 겪어야 하는 연습 과정은 연주자 입장에서는 외부적으로 감추고 싶은 부분일지도 모르겠다. 리허설을 대외적으로 공개한다는 개념이 새로웠다.

다시 연주가 시작되고. 모호한 음계들이 왔다 갔다 한다. 음색이 변

---

* 네덜란드의 대표적인 관현악단이자 세계 최상위권으로 꼽히는 악단. 악단 이름에 들어 있는 콘세르트헤바우는 암스테르담에 있는 연주회 전문 공연장의 명칭으로 여기 상주하는 이 악단은 공연장 이름을 따 명명되었다.

화무쌍하게 전개된다. 중간중간 지휘자가 연주를 멈추고 다시 시작할 때마다 나의 음악적 감성도 점점 더 긴장한다. 전보다 후가 어떤 면에서 좋아졌는지 인지하기 위해 감상의 골이 깊어간다. 클래식을 잘 모르지만, 연습이 거듭되면서 조금 거칠었던 음들이 점점 부드러워지고 매끄러워지는 느낌이다.

연주곡이 중후반으로 넘어간다. 애수 어린 멜로디로 연결되며 첫 구간의 멜로디가 다시 연꽃처럼 피어난다. 익숙한 멜로디가 흘러나오니 곡에 대한 느낌이 한층 정겹게 다가온다. 앞부분에서의 혼란스러움이 사라지고 평화로움이 열린다. 웅장한 하모니로 마지막 피날레가 장식된다. 지휘자의 엔딩 사인이 풀어질 때까지 나도 잠시 숨을 멈추었다.

공연이 끝나자 나는 콘세르트헤바우의 일층 카페로 내려갔다. 커피한 잔을 하며 좀 전의 연주를 음미했다. 깎이고, 다듬고, 끊기고, 다시 깎이고, 다듬고, 끊기는, 그러다 마침내 웅장한 하모니로 막을 내리는 그것은 '해피엔딩!'을 꿈꾸는 내 인생의 바람일지도 모르겠다.

하링 한 마리 해줘야지!

암스테르담 거리를 걷다 보면 "이곳이 과연 암스테르담이 맞나?"라는 말이 터져 나올 정도로 야만적인 광경을 목도할 때가 있다. 길거리 좌판대에서 날 물고기의 꼬리를 잡고 고개를 뒤로 젖힌 다음 대가리부터 꼬리까지 한입에 먹는 사람들을 보고는 기겁하곤 한다. 체면 불문. 남녀노소를 가리지 않는다. 엄청 맛있는지 다들 감탄사를 연발하며 엄지를 내보인다. 이제 막 걸음마 할 정도의 귀여운 꼬맹이까지도 덥석덥석. 까르르…… 생선을 좋아하지 않는 나로서는 도저히 이해할 수 없는 장면이다.

저게 무엇이냐고 주위 사람에게 물어보니, 네덜란드의 국민 음식인 하링Haring이라며 북해 바다에서 잡힌 청어의 내장을 제거해 소금에 절여 숙성한 것이란다. "한 번 맛보지 않겠어?"라며 걸쭉한 목소리의 아저씨가 통통한 하링 한 마리를 들고 내게 성큼 다가왔다. 나는 깜짝 놀라 뒷걸음질 쳤다.

감히 시도해 볼 엄두를 내진 않았지만, 웬일인지 언젠가는 꼭 먹게 되리라는 예상은 했었다. 그날이 바로 오늘이라는 것을 직감했다. 나

혼자 헤이그의 스헤베닝겐 해변에서 열리는 청어 축제에 참석한 것이다. 동양인은 나 혼자뿐, 주위는 온통 네덜란드 사람들로 둘러싸인 채, 나의 첫 도전이 시작될 참이다. 축제 한 마당이어서 분위기는 한창 달아올랐다.

통째로 먹는 하링은 사절. 조각난 생선을 채 썬 양파와 피클을 곁들여 눈을 딱 감고 입에 넣었다. 비린내가 난다. 참을 수 없는 비린내! 이게 무슨 맛? 뱉지도 삼키지도 못하는 상황. 나의 표정이 가관이었는지 다들 웃겨 죽겠단다. 오만상을 한 나를 달래주려고 옆에 있던 아주머니가 "굴처럼 색도 없고 징그러워도 청어는 단백질과 오메가 지방산이 풍성한 건강식"이라고 위로하지만 내게는 와닿지 않는다. 비위가 약하면 빵 사이에 청어를 넣어서 샌드위치처럼 먹을 수도 있다고 한다. 그건 좀 더 나으려나.

어느 나라나 그 나라 국민이 사랑하고 즐기는 음식이 있다. 그런 음식은 대개 외국인들의 입맛을 배려하지 않는다. 김치를 맛있게 먹을 수 있는 외국인이라면 '그 사람 한국 사람 다 됐다'는 말을 듣는다. 청어 축제장에서 아주머니가 웃으면서 내게 건넨 말이 생각난다. "하링은 비릴수록 맛있어. 쓴맛을 봐야 단맛을 알게 되지!" 맞는 말씀인데, 내 입은 당장 사탕을 찾고 있다.

스마일 걸

승무원이 되고 가장 힘든 일은 항상 웃는 얼굴을 해야 하는 것이다. 일할 때 항상 미소 띤 표정을 유지하는 것이 기본이다. 개인적으로 속상한 일이 있을 때나 힘든 일을 겪게 되었을 때도 일단 유니폼을 입고 나면 무조건 웃어야 한다. 신입 시절, 나는 상사들로부터 "승예, 스마일!"이란 지적을 여러 번 받아야 했다.

비행한지 1년 정도 지나자, 어색했던 스마일은 굳이 연습할 필요가 없을 만큼 자연스러워졌다. 네덜란드뿐만 아니라 해외 어디를 가도 지나치는 외국인들과 가벼운 눈인사, 짧은 미소 정도는 자연스럽게 나오는 정도가 됐다. 사람과 인사할 때 눈을 보고 인사하는 건 식은 죽 먹기.

그러던 어느 날 오랜만에 친구를 만나 한국에서 같이 식사도 하고 카페에서 차를 마시면서 이야기를 나누던 중, 우연히 다른 테이블의 한 남자와 눈이 마주쳤다. 나는 자연스럽게 그에게 가볍게 미소를 보였다. 그런데 그는 이상하다는 듯한 표정으로 한참 나를 쳐다보더니 급기야 나에게 다가왔다.

"혹시 저를 아세요? 저는 기억이 없는데……"

승무원의 스마일은 어디에서나 통하는 게 아닌가 보다.

세 번의 비쥬, 두 번의 포옹

나는 미련이 뚝뚝 떨어지는 질척한 작별 인사를 좋아한다. '잘 가!'하고 뒤도 돌아보지 않고 가버리는 친구들에게 왠지 모르게 서운함을 느낀다. 오늘 만남이 너무 즐거웠다며 여러 번 안녕을 말하고 다음 만남까지 기약해야 만족스럽다.

"이제 들어가봐."
"에이 아니야. 먼저 가."
"아니야 너 들어가는거 보고 갈게."

한바탕 옥신각신하다가 집에 들어와야 오늘도 사랑이 넘치는 데이트를 했다 싶은 것이다. 이렇게 유난스러운 작별 인사를 좋아하는 내게 프랑스의 볼 인사는 딱이었다. 볼과 볼을 맞대는 볼 인사를 불어로 '비쥬Bisous'라고 한다. 프랑스에서 나는 뛰어난 적응력으로 날 때부터 이 인사를 해온 양 자연스레 받아들였다. 이 비쥬가 곤혹스러울 때도 있다. 사실 좋은 경우는 오직 친한 사람과 할 때만이다.

그다지 친하지도 않은 사람이 오버를 하면 참 힘들다. 덥수룩한 수

염이 내 볼을 비비는 것 정도는 참아줄 만하다. 볼이 아닌 입술을 내 볼에 갖다 대면서 혀를 날름거린다든지, 서로 갖다 댄 볼의 방향이 어긋나 본의 아니게 살짝 입술에 뽀뽀를 하게 된다든지 하면 정말 끔찍한 일이다. 먼저 자리를 떠야 하는데 열 명이 인사를 하려고 멀뚱멀뚱 기다리고 있을 때에는 이 인사 예절이 원망스러웠다.

유럽에서 비쥬는 일상이지만 유독 네덜란드는 이를 세 번에 걸쳐서 주고받는다. 이웃나라 벨기에는 한 번, 낭만을 부르짖는 프랑스도 두 번이면 끝나는데 말이다.

그녀는 나와 함께 한 조가 되어 일하게 된 더치 크루였다. 안경을 쓴 흑인 아줌마였다. 무뚝뚝해 보이는 인상에 까칠하지는 않을까 조금 걱정이 되었다. 그러나 그런 걱정도 잠시. 그날따라 비행기가 만석이어서 정신없이 시간이 흘렀다. 바쁜 와중에도 배려해 주고 솔선수범하는 그녀가 고마웠다. 몇 마디 나눌 시간도 없었는데 벌써 헤어질 시간이 되었다.

스키폴 공항 라운지에서 그녀는 고마웠다며 나를 끌어안더니 세 번의 비쥬를 날렸다. 그것도 부족했던지 한 번 더 뜨겁게 포옹했다. 준비가 안된 나에게 다가오는 그녀의 얼굴에 동공이 커지며 얼음처럼 서있기만 했다. '네덜란드에서 이 인사는 친척이나 매우 친밀한 친구들 사이에서 이루어진다는데……' 그만큼 친밀해졌다는 표현이라고 생각하니 기쁨이 무지막지 폭발했다.

그 경험을 시작으로 나는 이 인사에 매우 익숙해졌다. 네덜란드 사람의 생일이나 오랜만에 보게 되는 경우가 있으면 서슴지 않고 비쥬와 포옹으로 인사를 나눈다. 즐거운 만남은 따뜻한 포옹과 비쥬로 마무리해야 마음이 편하다. 그것도 질척한 세 번의 비쥬, 두 번의 포옹이 제격이다.

일상은 사소하지 않다

매일 반복되는 일상을 소중하게 여기기는 쉽지 않다. 그저 스쳐 지나가는 순간들에 불과하다고 생각하기 때문이다. 금세 잊히는 하찮은 순간들의 반복…… 오랜만에 일기를 써보려고 책상 앞에 앉으면 딱히 쓸만한 내용이 없다. 오늘이 아닌, 몇 개월을 합쳐 기억의 언저리에 붙어 있던 일들을 간신히 소환하여 끄적거릴 때가 많다. 나의 하루는 노트 한 페이지도 다 채우지 못할 만큼 사소하게, 그렇게 사라져가는 것이다.

일상의 소중함을 깨닫고 그 순간들이 그리워질 때도 있긴 하다. 어떤 비극적인 사건으로 평범했던 삶이 한순간에 무너질 때가 그때다. 건강을 잃었을 때 건강의 소중함을 깨닫듯이 고통의 시간을 통하여 일상은 꿈에 그리던 낙원처럼 빛을 발한다. 어쩌면 일상은 사방에 널려 있어 평상시에는 의식하지 않지만, 단 몇 분이라도 사라져버린다면 호흡을 멈추게 하는 공기 같은 존재인지도 모르겠다.

그런 일상에 주목한 그림들이 있다. 최초의 사실주의적 회화 양식인 17세기 네덜란드 장르화다. 다른 유럽 국가의 미술관에서 흔히 볼 수 있는 종교, 신화, 영웅 등 거대담론류의 그림들은 감상이 어렵다. 역사적 배경이나 작품에 대한 사전 지식이 없는 상태에서는 그저 바라만 볼 뿐이다.

하지만, 평범한 사람들의 소소한 일상사나 가정생활을 묘사한 네덜란드 장르화는 나같이 미술을 잘 모르는 사람도 쉽게 다가갈 수 있었고 관심 있게 보다 보니 미술에 대한 흥미도 생겼다. 체계적이지는 않지만, 네덜란드 장르화의 보고인 암스테르담 국립미술관을 여러 번 드나들면서 나도 모르게 미술에 대한 지식을 쌓았던 것 같다. 국립 미술관에서 나를 불러 세웠던 장르화 세 점을 소개한다.

누군가 나를 불러 세웠다. '여행자 아가씨~ 한잔 하고 가요~' 창틀에 몸을 쑥 내밀며 술 취해 건배를 외치는 듯한 바이올리니스트. 헤리트 반 혼토로스트Gerrit van Honthorst의 〈즐거운 바이올리니스트The Merry Fiddler〉속 바이올리니스트의 모습이다. 너무 사실적이어서 그의 기분 좋은 목소리도 들리는 듯하다. 그림 속 창틀 하나가 그림에 입체감을 불어넣어 주고 있다. 이 입체효과가 인물의 동작뿐만 아니라 술잔, 의상, 커튼 등 주위 환경까지도 더욱 동적으로 만들고 있다. 또 모자의 깃털과 수염이 끔찍할 정도로 세밀하다. 그나저나, 즐겁고 낙천적인 것은 좋은데 "바이올린 아저씨! 그렇게 취하셔서야 바이올린 잘 켤 수 있겠어요?" 하고 묻고 싶다. 한 손에 술잔, 다른 한 손에 바이올린! 화가는 인생의 즐거움을 술과 음악으로 표현한 것일까?

헨드리크 아베르캄프Hendrick Avercamp의 〈스케이트 타는 사람들이 있는 겨울 풍경Winter Landscape with the Ice Skaters〉은 미국에서 온 노부부와 같이 그림에 코를 박고 볼 만큼 재미있는 그림이었다. 마치 얼음판 위에서 사람들이 취할 수 있는 모든 자세를 총망라해 놓은 듯하다. 1608년 작품이니, '400년 전에도 이곳에서는 겨울이면 스케이트를 탔구나.'라는 생각이 튀어나왔다.

그 옛날에도 이렇게 겨울 스포츠를 즐길 여유가 있었단 말인가? 그러고 보니 그들이 입은 옷들도 상당히 있어 보인다. 그림을 자세히 들여다보면 개별적인 사람들의 행동거지가 익살스러워 저절로 웃음 짓게 하고 따뜻한 느낌을 준다. 스케이트를 타는 사람들이 대부분이지만, 아이의 썰매를 끌어주는 사람, 사슴 같은 동물이 끄는 얼음 마차도 보인다. 그밖에 얼음판에 자빠져있는 사람, 골프채 같은 것으로 공놀이하는 사람도 있다. 하늘에는 새들이 자유롭게 논다. 멀리 보면 끝없이 펼쳐진 안개와 얼음판이 땅과 하늘을 구분 없이 뒤덮고 있다. 이 화가는 귀머거리에 벙어리라고 말하면서 그림에 감탄하는 노부부의 대화가 들려온다. 말하지도 듣지도 못했다던 화가는 신체적 장애로 인한 행동의 제약을 감수할 수밖에 없었을 것이다. 겨울 나라의 축제가 한창인 듯한 이 그림을 통하여 화가는 그림 속의 사람들과 마음껏 활보하며 즐기고 싶었던 것 같다.

요하네스 베르메르Johannes Vermeer의 〈우유 따르는 여인The Milkmaid〉. 이 그림에서 가장 먼저 눈에 들어온 것은 육중한 몸매의 하녀였다. 하녀라는 생각이 드는 것은 그녀의 머리에 올려진 아무 장식도 없는 머릿수건, 작업복인 듯한 수수한 복장, 아직 앳된 얼굴 등으로 미루어 짐작할 수 있다. 소매 밑으로 드러난 그녀의 희고 붉은 팔뚝이 부지런하고 거친 노동을 말해준다. 차분한 느낌 이외에 별 표정이 없어 보이는 얼굴이 오히려 식사 준비에 정성을 다하고 있다는 것을 증명하는 것 같다. 커다란 빵과 먹기 쉽게 잘라진 빵들이 식탁 위에 놓여 있고, 하녀는 우유를 따르며 이제 식사 준비를 마무리하고 있다. 아주 소박한 식탁이다.

미술관 밖으로 나왔다. 미술관 건물 중앙의 아치형으로 뚫린 통로에서 길거리 악단이 바이올린 협주곡 비발디의 사계 중 겨울을 연주하고 있다. 그 앞으로 자전거들이 무리 지어 지나간다. 통로를 나오니 구름이 넓게 하늘을 뒤덮고 있다. 12월의 미술관 앞뜰은 간이 스케이트장으로 변신하였고 사람들은 추위도 잊고 얼음판 위를 씽씽 달리고 있다. 그때 누군가 나를 불러 세웠다. "여행자 아가씨~ 한잔하고 가요~" 미술관 앞뜰에 선 벼룩시장에서 뱅쇼를 팔고 있는 육중한 몸매의 아줌마가 나를 보며 미소 짓고 있다. 미술관 밖의 암스테르담 시내는 또 다른 현재진행형의 그림이다.

목적지는 바로 당신입니다

첫 번째 식사 서비스 때였다. 젊은 남자 청년 세 명이 한 열에 있었다. 친구인듯한 그들은 식사를 모두 양식으로, 음료도 나란히 같은 레드 와인으로 주문했다. "친구분들이셔서 그런지 한마음 한뜻인가 봐요." 나는 웃으며 장난스레 말했다. "그래야 승무원님이 더 편하시잖아요." 예상 밖의 대답이 돌아왔다. 아주 유쾌한 분위기다. 알고 보니 그들 모두 첫 유럽여행이라는 기대와 설렘으로 들떠있었다. 식사도 아주 맛있게 하는 것을 보니 흐뭇하다. "여행 중에 음식이 맞지 않으실 때 드세요."하며 고추장 몇 개를 봉투에 넣어주었다.

어느 비행이건, 각자 담당하는 구역에서 장시간 서비스하다 보면 마치 오래 알고 지낸 것처럼 친근함이 느껴지는 승객이 있다. 승무원에게 있어 자신의 담당 구역은 집으로 따진다면, 자신의 방과 같은 곳이다. 한 담당 구역에는 50-60명 정도의 승객이 있다. 그 좁은 공간에 힘들게 앉아 여행하는 승객들을 일일이 마음에 두고 신경 쓰다 보면 승객 모두가 내가 초대한 사람들이라는 생각이 들기도 한다. 이 많은 사람들은 다들 어디를 가는 걸까? 비행기에 올라탄 수많은 사람들의 가슴속을 들여다보면 각기 다른 이유가 펄떡이고 있다.

자식 덕에 이 나이에 처음으로 비행기를 타 본다며 주름진 눈가를 곱게 반달로 접으시는 칠순 어르신, 오늘 막 결혼식을 치렀다며 수줍게 고백하는 신혼부부, 1년 동안 어학연수를 떠난다는 청년, 중요한 프로젝트의 성사를 위해 출장 길에 나선 회사원, 자녀를 부모님께 보이려고 한국에 왔다가 돌아가는 아기 엄마……

그 모든 사연을 품은 손님들이 바로 나와 함께 하는 비행의 주인공들이다. 식사를 마치면 승객들은 저마다의 시간을 갖는다. 어떤 이는 눈을 감으며 잠을 청하고, 어떤 이는 느긋하게 잡지책을 뒤적이고 또 연인인듯한 어떤 이들은 다정한 눈빛으로 소곤댄다. 취침하려는 승객의 독서등을 꺼주고 창문의 커튼을 닫아 주고 취침하지 못하는 승객에게는 따뜻한 음료를 권해본다.

그들의 여정은 인천에서 암스테르담. 물리적 목적지는 암스테르담일 테지만, 그들의 진정한 목적지는 그들 자신일 것이다. 새로운 미래를 꿈꾸는 자로서 저마다 '이번 여행을 계기로 내 삶을 더욱 알차게 살아내겠다'는 다짐을 가슴속에 새긴다. 암스테르담이 낯선 곳이

든 익숙한 곳이든 비행이 끝나고 도착한 그곳에서 저들의 꿈꾸는 삶이 이루어지기를 기도한다. 더 풍요롭고, 더 행복하고 즐거운…… 그리고 또 기도한다. 우리 비행기가 목적지에 안전하게 도착하기를!

보이지 않는 길

야간비행. 끝없이 펼쳐진 어둠만이 존재할 뿐이다. 완전한 어둠. 깊이를 알 수 없는 한 치 앞도 보이지 않는 곳을 가고 있다. 어둠이 온 천지를 뒤덮은 것 같다.

내가 비행 중에 가끔씩 조종실을 드나드는 것은 하늘이 펼치는 원색의 파노라마를 보기를 좋아하기 때문이다. 조종실 안에서 창밖을 바라볼 때면 심장은 크게 뛰고 호흡을 멈출 지경이다. 객실에서 보는 것과 조종실에서 보는 하늘 풍경은 많이 다르다. 조종실에서 하늘은 옆으로 스쳐 지나는 게 아니라 나를 향해 정면으로 돌진해 온다. 그것도 사방으로 뚫린 큰 창문을 통해서 엄청난 몸체로. 구름이 달려와 비행기를 덮고 두 팔로 품는다. 영화로 치면 일반 화면과 3D 화면 정도의 차이랄까.

비행을 하면서 늘 궁금한 것이 있었다. 이 넓은 하늘에서 비행기가 어떻게 목적지까지 잘 찾아갈 수 있을까 하는 것이었다. 아무리 봐도 길도 없고 표지판도 없는데 이러다가 길을 잃는 건 아닌지, 다른 비행기와 충돌하는 건 아닌지 궁금했다.

"지상에 사람이 다니는 인도, 자동차가 다니는 도로가 있는 것처럼 하늘에도 비행기가 다니는 하늘길이 있어." 기계 장치 앞에 앉아있는 기장이 대수롭지 않다는 듯 내 질문에 대답한다.

"제 눈에는 안 보이는데요?"

"착한 사람 눈에만 보인단다."

"......"

알고 보니 이륙 전에 코스를 입력해 놓으면 항공기가 알아서 가도록 설계되어 있다. 하지만 기계는 오류를 일으킬 가능성을 언제나 갖고 있기에 조종사가 계속 모니터 하며 확인 작업을 한다. 길은 보이지 않아도 비행기는 잘 간다. 하지만 정해진 항로를 따라 순항하는 비행기도 때로는 난기류나 예상치 못한 오류로 인해 회항을 하거나 다른 길로 가야 할 때가 있다.

그러고 보니, 인생도 우리가 항상 정해놓은 길로만 갈 수 없다. 때로는 돌아갈 때가 있다. 그래도 괜찮다. 길은 보이지 않지만, 차분하게 새로운 목적지를 정하고, 코스를 하나하나 몸 안에 입력한다. 그리고 묵묵히 그 길을 간다면 결국은 목적지에 다다를 테니까.

마지막 비행, 그리고 이별

호텔 카운터에 방 열쇠를 반납하고 체크아웃을 한다. '암스테르담에서 하루라도 더 머물게 된다면 또 다른 멋진 추억을 만들 수도 있을 텐데… 벌써?'하는 아쉬운 마음이 드는 건 어쩔 수 없었다. 대기하고 있던 픽업 버스에 몸을 실었다. 차창 밖의 넓은 벌판이 저녁 노을로 붉게 물들어 가고 있다.

서서히 어둠 속으로 모습을 감춰가고 있는 도시, 이번이 그 동안 2년 간의 KLM생활의 마지막 비행이다. 수없이 오갔던 인천-암스테르담 비행이 이제 마지막이라니…… '친구여, 안녕!' 갑자기 눈시울이 뜨거워지고 가슴이 울컥한다.

도착하자마자 지친 몸을 반겨주던 호텔 방, 기숙사처럼 동료들과 함께 구르고 웃고 밤 늦은 시간까지 나누던 이야기들, 내 집처럼 들락거리던 뮤지엄, 도처에서 만난 좋은 사람들, 자유롭게 거닐던 거리, 짓궂었던 자연 그 모든 것이 아쉽고 감사하다. 이제 이 친근했던 것들과 이별이라니.

그래도 위안이 되는 건 글로나마 기록할 수 있었다는 것이다. 가벼운 몸짓 하나도 놓치지 않고 간직하기 위해 참 많이 써댔다. 감사하게도 마지막 비행이 다가올 즈음 행복우물과 인연이 되었고 최연 편집장님과 조우했다. 하지만 첫 미팅부터 그간 나름 괜찮다고 생각했던 나의 글이 얼마나 의미 없는 비문장들로 채워진 것인지 실감해야 했다. 편집장님의 투명 거울에 비춰진 나의 습작은 형편없는 문장들의 나열이었음이 드러났다.

글쓰기에 대해 나는 처음부터 다시 시작해야 했다. 편집장님은 "글에 혼을 갈아 넣어라", "인사이트한 글이 되게 하라", "한 문장과 끝까지 씨름하라", "설명하지 말고 묘사하라", "상상력을 동원하라",

"감성을 끌어내라" 등등 글에 밀도와 생명력을 불어 넣을 것을 강조하시면서 나의 헐렁한 문장들을 꾸짖어 주셨다. 비문장을 문장이 되게 하기 위해 가졌던 편집장님과의 만남들은 글쓰기 이론과 경험이 부족했던 나에게는 제대로 된, 혹독한 글쓰기 및 문학 수업이었다. 편집장님과의 인연은 나에게 큰 행운이었다.

미팅을 마치고 나면 내 글의 문제점이 무엇인지 알게 되었고 그것을 교정하는 작업이 수없이 반복되었다. 여전히 부족하지만 이 과정을 통하여 나의 문장은 하나씩 다듬어졌고 여기까지 오게 되었다. 한 줄의 글, 한 권의 책, 그리고 한 사람의 가치를 소중히 여기시는 편집장님으로부터 배운 것은 무엇과도 바꿀 수 없는 나의 소중한 자산이 되었다. 모래에서 금을 캐어내듯이 싹수가 보이지 않는 나의 문제를 끌어내기 위하여 오랜 기간 끝까지 인내하고 기다려 주신 최연 편집장님께 감사를 드린다.

비행하면서 있었던 시시콜콜한 얘기들을 들어주고 나의 일이라면 무엇이든 격려하며 애정을 쏟아준 우리 가족 사랑합니다. 걷기만 고

집해서 극기훈련 같다고 투정부리면서도 여행길에 즐거이 동행해준 친구들에게 미안합니다. 네덜란드에 대한 정보를 적극 제공해주고 아낌없이 응원해준 KLM의 모든 동료들 감사합니다.

드디어 비행기가 인천 공항에 착륙했다. 안내 방송에서 내 이야기가 나온다. "이승예 승무원이 이번 비행을 끝으로 저희 KLM과 작별하게 되었습니다. 하기 시 승객 여러분의 따뜻한 격려 부탁 드립니다." 승객들의 박수 소리가 들려오고 누가 봐도 그 승무원이 바로 나라는 걸 알아챌 정도로 눈물을 머금은 채 승객들에게 마지막 인사를 나누었다.

텅빈 기내에 우리 승무원들만 남았다. 모두가 나를 둘러쌌다. 차례로 한 사람씩 나를 안아주고는 작별인사를 했다. 마지막으로 사무장이 델프트 블루 그릇 세트가 올려진 쟁반을 건넸다. 그릇에는 오늘 함께 비행한 크루들 11명의 이름이 펜으로 적혀 있었다. "160도에서 30분만 오븐에 돌리면 우리의 이름을 영원히 간직할 수 있어. 이제 우리 이별인거야"라며 사무장이 달려와 와락 안아줬다. 그녀는 나를 꼬옥 안은 채 귓속말로 속삭였다.

"우리 이제는 이별이지만, 어느 하늘 아래서건 다시 만날 거야!"

내 인생의 거품을 위하여   초판 1쇄 발행   2021년 1월 20일

지은이   이승예
펴낸이   최대석
기획   최연
편집   최연, 이선아
디자인   이수연, FC LABS

            펴낸곳   행복우물
            등록번호   제307-2007-14호
            등록일   2006년 10월 27일
            주소   경기도 가평군 가평읍 경반안로 115
            전화   031)581-0491
            팩스   031)581-0492
            홈페이지   www.happypress.co.kr
            이메일   contents@happypress.co.kr
            ISBN   978-89-93525-94-6 03810
            정가   15,300원

            이 책의 국립중앙도서관 출판예정도서목록(CIP)은
            서지정보유통시스템 홈페이지(http://seoji.nl.go.kr와
            국가자료공동목록시스템(http://nl.go.kr/kolisnet)에서
            이용하실 수 있습니다.

꾸준히 사랑받는 ————————————————

☆ ——————— **여행 에세이 시리즈**

1. 겁없이 살아 본 미국 _ 박민경

2. 삶의 쉼표가 필요할 때 _ 꼬맹이여행자

3. 아날로그를 그리다 _ 유림

4. 낙타의 관절은 두 번 꺾인다 _ 에피

5. 길은 여전히 꿈을 꾼다 _ 정수현

6. 내 인생의 거품을 위하여 _ 이승예

☾ ——————— **감성 에세이 시리즈**

1. 옷을 입었으나 갈 곳이 없다 _ 이제

2. 사랑이라서 그렇다 _ 금나래

3. 슬픔이 너에게 닿지 않게 _ 영민

4. 여백을 채우는 사랑_ 윤소희

———————————————————————— **콜렉션**

삶의 쉼표가 필요할 때
낙타의 관절은 두 번 꺾인다
옷을 입었으나 갈 곳이 없다

꾸준히 사랑받는 행복우물의 여행에세이/에세이 시리즈.

베스트셀러 작가가 되어버렸다! 금감원 퇴사 후 428일 간의 세계일주 –
꼬맹이여행자의 이야기를 담은 〈삶의 쉼표가 필요할 때〉, 암과 싸우며
세계를 누비고 온 '유쾌한' 에피 작가의 〈낙타의 관절은 두 번 꺾인다〉,
아름다운 문장으로 팬들의 마음을 사로잡은 이제 작가의 〈옷을 입었으나
갈 곳이 없다〉, 쉼표가 필요한 당신에게 필요한 잔잔한 울림들.

"손가락 사이로 미끄러지는 빛은 우리의 마음을 헤쳐 놓기에 충분했고,
하얗게 비치는 당신의 눈을 보며 나는, 얼룩같은 다짐을 했었다"
_ 이제, 〈옷을 입었으나 갈 곳이 없다〉

에세이 여행

행복우물출판사 도서 안내

● NEW & HOT

○ 김경미의 반가음식 이야기 / 김경미

<한식대첩> 1위. 대통령상 수상에 빛나는 전통음식 연구가
김경미 선생이 공개하는 균형잡힌 다이어트 식단, 아이에게 좋은
상차림, 몸을 활성화시켜 상차림, 제철음식과 별미음식 등

○ 사랑이라서 그렇다 / 금나래

일러스트와 함께 펼쳐지는 금나래 작가의 감성적인 시와 그림
"내어주는 것은 사랑한다는 말, 너를 내 안에 담고 있다는 말이다
빛무리 진 너의 웃음에 여태 찾아 헤매던 내가 고스란히......"

● BOOK LIST

○ 음식에서 삶을 짓다 / 윤현희 ○ 삶의 쉼표가 필요할 때 /
꼬맹이여행자 ○ 벌거벗은 겨울나무 / 김애라 ○ 청춘서간 /
이경교 ○ 가짜세상 가짜 뉴스 / 유성식 ○ 야 너도 대표 될 수
있어 / 박석훈 외 ○ 아날로그를 그리다 / 유림 ○ 자본의 방식 /
유기선 ○ 겁없이 살아 본 미국 / 박민경 ○ 한 권으로 백 권 읽기
/ 다니엘 최 ○ 흉부외과 의사는 고독한 예술가다 / 김응수 ○
나는 조선의 처녀다 / 다니엘 최 ○ 하나님의 선물 ─ 성탄의 기쁨
/ 김호식, 김창주 ○ 해외투자 전문가 따라하기 / 황우성 외 ○
꿈, 땀, 힘 / 박인규 ○ 바람과 술래잡기하는 아이들 / 류현주 외
○ 어서와 주식투자는 처음이지 / 김태경 외 ○ 신의 속삭임 /
하용성 ○ 바디 밸런스 / 윤홍일 외 ○ 일은 삶이다 / 임영호 ○
일본의 침략근성 / 이승만 ○ 뇌의 혁명 / 김일식 ○ 멀어질 때
빛나는: 인도에서 / 유림

행복우물 출판사는 재능있는 작가들의 원고투고를 기다립니다
(원고투고) contents @ happypress.co.kr